新　潮　文　庫

白洲家の日々

—娘婿が見た次郎と正子—

牧　山　圭　男　著

新　潮　社　版

10189

目次

白洲次郎（しらす・じろう　一九〇二―一九八五）

一九〇二年二月十七日、兵庫県芦屋《あしや》に、白洲文平の次男として生まれる。祖父の退蔵は三田藩の家老で、父の文平はハーバード大学を卒業後、綿の貿易商として大成功した。旧制第一神戸中学校卒業後、イギリスのケンブリッジ大学・クレアカレッジに留学、彼《か》の地で七年間を過ごす。帰国後の二九年、樺山《かばやま》正子と結婚。日本水産の取締役としてイギリスを頻繁に訪れ、当時駐英大使だった吉田茂と親交を深める。四二年、戦争による食糧難を見越して東京郊外の鶴川《つるかわ》村に転居、農業を営む。終戦直後、吉田外相の要請で、終戦連絡中央事務局参与に就任、「日本国憲法」誕生の現場に立ち会うなど、GHQとの折衝の矢面に立ち、「従順ならざる唯一《ゆいいつ》の日本人」といわれる。第二次吉田内閣では貿易庁長官を務め、のちに東北電力会長、大沢商会会長等を歴任。晩年は軽井沢ゴルフ倶楽部《くらぶ》の運営に情熱をかたむけた。一九八五年十一月二十八日、八十三歳にて死去。遺言書は「葬式無用　戒名不用」の二行だった。

白洲正子（しらす・まさこ　一九一〇—一九九八）

一九一〇年一月七日、東京市麴町区《こうじまちく》に、樺山愛輔《あいすけ》の次女として生まれる。祖父は薩摩《さつま》藩出身の伯爵《はくしゃく》で警視総監や海軍大将を歴任した樺山資紀《すけのり》、父の愛輔は貴族院議員。幼い頃から能を梅若六郎（後の二世梅若實《みのる》）に習い、十四歳のとき、女性として初めて能舞台に立つ。学習院女学部初等科を修了後、アメリカのハートリッジスクールに入学。四年後卒業し帰国、白洲次郎と結婚、二男一女を得る。古典文学に親しみ、小林秀雄、青山二郎などの影響で骨董《こっとう》にも傾倒する。四三年、初の著書『お能』を刊行。その後も能面を求めて各地を旅する。五六年、銀座の着物の店「こうげい」の経営者となる（七〇年まで）。六四年、『能面』により読売文学賞を受賞。『巡礼の旅——西国三十三ヵ所』『明恵上人《しょうにん》』など旺盛《おうせい》な執筆活動を続ける。七二年、『かくれ里』で再度読売文学賞を受賞。その後も『十一面観音巡礼』『日本のたくみ』『西行』『両性具有の美』などで、多くの読者を獲得。一九九八年十二月二十六日、八十八歳にて死去。

白洲家の日々

——娘婿が見た次郎と正子

はじめに〜次郎さん、人生最悪の日

――「オフサイドはしてねえだろうな」

　私がまだ高校生の頃（一九五七年頃）、軽井沢ゴルフ倶楽部《くらぶ》のメンバーの夫人や子供たちは、登録しておけば、空いているときにはメンバー並みの料金でプレーをさせてもらえた。

　幸い父がメンバーだったので、私は生意気にも時々訪れて、母などとゴルフを楽しむことができた。

　ある日、ランドローバーから背の高い白髪のカッコいいおじさまが降り立ち、まわりの大人がピリピリするなかを、ゴム草履をパタパタさせながらクラブハウスに入ってきた。そして私を見るや、言った。

「君が牧山のせがれか。戦争前の話だが、君の爺《じい》さん（牧山耕蔵・元長崎県選出衆議院議員）が近衛《このえ》（文麿《ふみまろ》）さんを訪ねてきて、軽井沢の自分の山荘の山のてっぺんにお稲荷《いなり》さんを祀《まつ》りたいので何とかしてくれと言ったそうだ。近衛さんはそう言われてとても困ったらしいぞ」

それが白洲次郎からかけられた最初の言葉だ。

生来なのか、イギリス流スノッブなのかわからないが、白洲さんは口の中でもぞもぞ話すので聞き取りにくく、仕事で絡《から》みのある大人の方々は、その話し方に慣れるまで、相当困られたと思う。私は訊《き》き返すのも怖いので適当に合《あ》い槌《づち》を打ってごまかしたりもしていた。

それでも若干天邪鬼《あまのじゃく》な私は、「君は若いのにいつもオッカサンと一緒にプレーして感心だね」などと言われて調子に乗って、怖いもの見たさにそばに行って話を聞いたり、余計なことを言って怒鳴られたりしていた。

そんなある日、同じジュニアメンバーの一人が、「お前、白洲さんの娘のトゥーラ知ってる？」と訊く（白洲さんは娘の桂子《かつらこ》という本名を洋風にトゥアンと呼んでいたが、我々は発音が難しいのでトゥーラと言っていた）。知らないと答えると、このコースの13番グリーンの横だから行ってみようよと、白洲さんの別荘に連れていかれた。そこで、無口で愛想のない次郎さん似の、ちょっと太目の娘、つまり私の未来の妻に初めて会った。

夏の軽井沢に滞在する家同士で、同世代の子供たち男女のグループがいくつかあって、ゴルフやテニスをしたり、自転車や車でピクニックに行ったり、誰かの家に集まってトランプをしたりした。気づけば、夏が終わったら東京でも一緒に遊ぶようになっていた。

そうして大学三年の冬のこと。蔵王《ざおう》にある白洲さんの「ヒュッテ・ヤレン」に誘ってもらい、何人かの友人とスキーを楽しむことになった。ちなみにヤレンとは、新聞記者時代の安倍晋太郎《あべしんたろう》氏が白洲さんにインタビューした時、長州弁で「やれんなあ（やってられないなあ）」とつぶやいたのを面白がった次郎さんが、ドイツ語ふうにJAＲＥＮともじって名付けたものだ。

今思い起こすとその時、お嬢様育ちで飯など作れっこない、と思い込んでいたトゥーラが、けっこう家事をこなし、カレーを作ったりするのを見て、「アレッ？」と思ったのがすべての始まりだったのかもしれない。

何日目かに白洲さんが憲法調査会の諮問《しもん》か何かで国会に呼び出され、急遽《きゅうきょ》東京に帰ったあくる日、運悪く私は回転競技のポールに足を引っ掛けて脛《すね》を骨折。病院から東京に戻り、成城の自宅でギプスをはめて一か月ぐらい寝たきりとなった。

退屈紛れに誰が一番多く見舞いに来てくれるか印をつけていたところ、赤坂の白洲さんのタウンハウスと鶴川（東京都町田市）の武相荘《ぶあいそう》のちょうど中間に我が家があったためでもあろうけれど、なんと桂子がダントツで第一位だった。その後も桂子は、料理の得意な私の母に教わったり、編みものを母と一緒にしたり、私のいないときにも遊びに来るようになった。それが第二の「アレッ？」であった。

結婚してからも、ありがたいことに母と桂子はとても仲良しだった。桂子は自著『次郎と正子　娘が語る素顔の白洲家』の中で、「自分とはまったく違う家庭にあこがれて結婚した」というようなことを書いているが、いざ結婚して時間が経《た》つにしたがい、それはまったくの幻想に過ぎなかったと最近言い始めた。それはお互いさまのような気もするし、互いにそれ以上は言わぬ、聞かぬが華、と決めている。

一年後、私は大学を出て外車ディーラー大手のヤナセに就職し、ドイツ製のフォルクスワーゲンを売るのに夢中になった。桂子ともあまり逢《あ》う機会もなく、たまに逢えば「パパがゴルフ場であなたに逢ったけれど、**『相変わらずヨシオシはひとこと多い。大体あいつのヘアスタイルは何だ、パイナップルみたいなのはおかしいからやめさせろ』**と言ってたわよ」と言われる程度の付き合いだった。ちなみに「ヨシオシ」とは私のことである。私の父、牧山圭秀《よしひで》はバスケットボール元オールジャパンの選手で、その後東京オリンピックの監督や協会の理事長を務めた。日本初の国際審判員としてラジオの解説をしていた時、アナウンサーが父の名を間違えてマキヤマヨシオ氏と紹介したのを聞いた従兄弟《いとこ》たちが、息子の私のことをそれ以後〝ヨシオシ〟と呼ぶようになった。

ところが二十六歳の夏の軽井沢で、それまでお互いにあまり意識はせず、男同士のようなさっぱりした付き合いのつもりだったのに、急に二人で燃え上がり、麻疹《はしか》に罹《かか》ったように結婚しようと決めてしまった。後で聞けば、だいぶ前から私の母や妹たちは、「もしかしたらオニイが申し込んだらトゥーラはウンて言うかもしれないね」と話していたそうだ。恥ずかしながら何をかいわんや、という話である。

その頃、桂子が生まれた時から付いている乳母の石部さんに、「ねえ、イシちゃん、白洲さんのうちって金持ち？」と聞いたら、「そうねえ、物は持ってるけど、お金はあんまりないわねえ」と言われて、なんだかちょっとホッとしたことを憶《おぼ》えている。

夏が終わり東京に帰ったある日、中学の先輩で幼い頃から憧《あこが》れのお姉さまとして知っていた、白洲の兄嫁から電話があった。

「今日、紀ノ国屋でトゥアンにばったり会ったら、あなたたち結婚するって言ってたけど、本気なの？」

「うん、そのつもりだけど」

「バカね、それならなるべく早くおじちゃまに、ちゃんと言わないと大変なことになるから。知らないわよ」

と、怒鳴られた。

後に聞いた話によると、白洲は一人娘の末っ子、**桂子と結婚しようとするヤツは、どんな奴《やつ》でもすべて断固反対すると**宣言していたそうだが、しかもそれが、よりによって、多少の出自も大したことないとわかっている、ゴルフクラブにチョロチョロしている生意気なガキとなると、とても我慢ができなかったらしい。そこへさらに、白洲と牧山、両方の家ととても近しい同年代の女性が、ある種のやきもちで、我々が結婚するのが俄然《がぜん》面白くないと思ったらしく、牧山の家のことをあること無いこと父親に話し、それが白洲に伝わって、猛反対したようだが、その中身については未《いま》だに知らない。

あまりに次郎さんが騒ぐので、正子さんも心配になったらしく、一度会ってみようかということになった。正子さんが京都取材に出る前の昼時に、当時まだ新橋駅前にあった小川軒というレストランに私は呼び出された。きものをきちっと着た九州顔の、次郎さんとは違った貫禄《かんろく》のあるおばさまが、でんと座って待ってくれていた。

そのとき何を話したかあまり覚えていない。ただ、「僕のうち、父が浦賀重工の取締役を辞めて今までの中で一番貧乏なんです」と言ったら、「**あら、我々も若い頃は**

お金なんてなかったわよ」と正子さん。ところが、「ありがたいことに、結婚したらトゥーラが働いてもいいと言ってくれてます」と言ったとたん、厳しい顔で「**それはだめ、あの子はそんなことできない、ウソよ**」ときっぱり言われて、びっくりした。しかし今では桂子は、東京郊外の町田市にある両親の終《つい》の棲家《すみか》を記念館「武相荘」として公開し、運営をけっこう上手に指揮している。

正子さんの「**お昼、何になさる？**」の一言を機に、この店の名物ビーフシチューを頼んだ。ギャルソンがパンかライスか訊いたので、「ご飯ください」と言ったところ、正子さんが突然「**エッ**」と声を出した。私は、しまった、こういう時に貴族はパンしか食べないんだ、と思い、自分がひどく赤面してうろたえたのをハッキリ憶えている。正子さんは悠々と「**あらどうぞいいのよ**」と言ってくれたが、あの時なぜ彼女が声を発したのか、とうとう聞かずじまいであった。

面談の結果、正子さんはなぜか「**アレは大丈夫よ**」と言ってくれたそうだが、それは私が合格したのでなく、当事者の熱気を察知してあきらめたのかもしれないと思っている。

その年の暮れの夕刻、私が何をしに来るのか、うすうす感じていたであろう次郎さんと、知っている家族全員が待ち構えている鶴川の家を訪ねた。

暖炉に薪《まき》をくべている次郎さんと私だけを残して、なんとなく皆が食堂に消えた後、今しかないと勇を鼓して「おじさま、お願いがあります」と言った。

「何だ、君に頼まれることなんか何もありゃせんよ」

「いや、それがあるんです。トゥーラと結婚させてください」

クヌギの丸太が燃える火を映した白洲の横顔が強張《こわば》り、一瞬の間があって、

「僕はね、子供たちの結婚には一切反対をしないことにしているんだ」

こちらを見ようともせず、暖炉の火を見つめ続けながらつぶやいた。

「ありがとうございます！」

兄嫁の「めしだー」という声に救われて、食堂へ入っていくと、皆が「どうだった？」「おじさまは賛成も反対もしないよと言ってくださいました」「それはおめでとう」。儀式は済んだが、緊張のあまり喉《のど》がからからで、ドライなジントニックも効いてどんなディナーだったかまったく憶えていない。

ただ、次郎さんにとっては人生最悪の日を何とか耐えてくれたはずなのに、私が「賛成も反対もしない」と間違って報告したことは、今でも悔やんでいる。実際彼は「賛成しない」とは言わなかったのである。

これは私一人の思い込みに過ぎないと言われればそうかもしれないが、気に入らな

かろうがなんだろうが、申し出た男に対する次郎さんの思いやりのある言葉ではなかったかと思うにつけ、私の軽率な言葉選びをいまだに悔いている。その後私は次郎さんのこうした言動に何回も接するにつけ、「おじさまの骨太のデリカシー」と呟《つぶや》いているのだが、桂子はそのたびに「それはあなたの勘違い。最初は本当にパパはあなたのこと嫌いだったもの。パパはそんな人ではないのよ。大体日本語がわからないんだから。ただ気が弱いだけ」と言い捨てる。その日、二人っきりになったとき、次郎さんは小さな声で娘に「**オフサイドはしてねえだろうな**」と言ったそうである。ちなみに、私のやっていたバスケットボールには、オフサイドというペナルティはない。

地方出身の代議士の家風を継いでいる私の父としては、大げさな結婚式と披露宴をしたい性質であったはずだが、幸いお金もなく、結果として桂子の言うなりに赤坂のフレンチレストラン「シド」で、身内に友人だけのほんの数十人のスマートな披露パーティーとなった。

それでも父と私は、はしゃいで糸瓜襟《へちまえり》のディナージャケットを初めて誂《あつら》えたのだが、次郎さんは頑として、夕方五時前にブラックタイなどオーバードレス（145頁《ページ》）だと、ダークスーツで通した。白洲家側では同情してくれた次兄がただ一人、ディナージャケットを付き合ってくれた。今思うと単なる嫌がらせではなく、なるほどカスタムに沿ったことだったのであろうかとも思う。会場では次郎さんは寂しそうにしていたが、宴も終わりに近づくと、照れくさそうに私たち二人を手で追い払うように、「早く行け、出て行け」とわめいていた。

桂子は両親が嫁入り支度を何もしてくれなかったと言うけれど、私たちは幸せいっぱい。白洲がお祝いに買ってくれたピカピカの六五年製の赤いフォルクスワーゲン・カブトムシで空き缶をがらがらひきずりながら、川奈ホテルに向かったのである。

こうして私は、白洲次郎から愛する娘を奪った〝憎き男〟となった。

「英国じゃ、娘の亭主のことを〝Seven Years Enemy（七年の敵）〟というんだ」

後年、次郎は、そっと私に教えてくれた。

七年の敵？　どういう由来なのか知りたくて、白洲の友人のイギリス人に訊《たず》ねてみたことがある。すると彼は、「〝Seven Years Enemy?〟　うーん、聞いたことないな。そんな言い回し、英国にはないと思うよ」と言って笑う。「ジローが君のために作った諺《ことわざ》じゃないか？」と。

なるほど、七年とは、とても長い間、くらいの意味だろう。だからおそらく次郎は〝宿敵〟というニュアンスを込めたのではないかと、今になって思う。次郎が亡《な》くなるまでの約二十年間、とくに大きくもめたという記憶もなく、ある種の緊張感のなかで、お互いに遠慮をしつつ、それなりに楽しく過ごせたと思っている。

なにしろ私は、あの白洲次郎から愛娘《まなむすめ》を奪った男なのだから。

一　家族のこと、家のこと

円満の秘訣《ひけつ》

――「なるべく一緒にいないこと」

親しい友人たちにとって、桂子と私の結婚は意外だった面もあったようで、当初「あいつ、白洲さんとちゃんと上手《うま》くやって行けるだろうか？」と心配してくれたようだが、こっちは馬鹿惚《ばかほ》れした勢いもあって、あまり気にはならなかった。当然のことながらある種の緊張と遠慮はあっても、白洲家はとてもリベラルで、言葉遣いもそう気にする必要もなく、窮屈な感じはあまりなかった。

またある時には、西武百貨店の堤清二さんから「君、僕は白洲のおじさんと正子さんの、どっちかそれぞれ一人と付き合うのも大変だと思うが、その二人が義理の両親で、その一人娘が女房と来ちゃあ、さぞかし大変だろうなあ」と本当に心の底から気の毒そうに言われて、困ったこともあった。

当事者としては、そんなこと言われても、まじめにしていれば別に怒鳴られるわけではないし、ほかと比較しようにも、幸か不幸か義理の両親は次郎と正子しかいない。

たしかにこちらが何かいい加減にことを処しようとすると、仕事であれ、プライベートな事柄であれ、鋭く追及される。しかし普段は台風の目の中にいるようで、行動力学を学ぶと思えばとても勉強になったし、居心地もおおむね良かった。

白洲家の人々は西洋仕込みなのか、武士の嗜《たしな》みか、わからないが、個人主義が徹底していた。子供たちはそれぞれ仕事と家庭を別のところに構えていたこともあって、家族で正月やクリスマス、誕生祝いなどのためにわざわざ集まることなど一切ない。たまたま週末に何かの都合で鶴川の家に集まれば、居合わせた家族でご飯を食べたり、酒を飲んだり、麻雀《マージャン》をしたりするくらいだ。

次郎のジャン風は、**「横浜のパートンさん、ロシアの将軍ヨワリンコ、弱った魚は目でわかる、電車で帰れ」**などと、里見弴《とん》のご兄弟の受け売りらしいのだが、訳のわからないことを口走りながら、綺麗《きれい》な手、大きな手を狙《ねら》う。正子のほうは、黙ってちびちび勝ちにいく麻雀である。

ふだん、次郎はテレビの前に座って、贔屓《ひいき》にしていた大洋ホエールズの試合や、大好きな水戸黄門やチャンバラを見たり、ニュースで流れる政財界のスキャンダルなどに怒って吼《ほ》えたりしていた。そんなことで、たわいもない四方山《よもやま》話に花が咲くこともあったが、滅多に次郎と正子の両方が揃《そろ》うことはなく、どっちか片方と、子供たちやその孫、という組み合わせが多かった。

夫婦円満の秘訣を聞かれた次郎は「なるべく一緒にいないこと」と言ったそうだ。次郎・正子夫婦は、プリンシプル（原則）とコモンセンス（良識）の、あるレベルを共有した大きな柵《さく》の中で、それぞれお互いを大らかに放し飼いにしているように、私には見えた。

じつはそれは、白洲家では家族全般に言えることであったと思う。

ましてや子供の連れ合いの家族など、お互いほとんど顔を合わせなかった。結婚を決めた時は、まず私の親が成城の自宅に白洲一家を招いて母自慢の手料理で食事をし、その後、今度は鶴川に招かれた、というくらい。だれかの葬式でも行き来はほとんどしない。私の母親が亡《な》くなった時も、正子から託された香典で、みんなで天婦羅屋に行って終わりで、あらたまって互いに会うなんてことはない。軽井沢ゴルフ倶楽部《くらぶ》で偶然居あわせて話をすることはあっても、それ以外、とくに行き来はしないのが流儀だ。

その証拠に、白洲家には家族の集合写真など一枚もない。次郎と正子のツーショットもあまりないし、桂子と正子も、次郎と桂子という組み合わせも一、二枚あるかどうか。むろん私が家内以外の白洲家の人々と一緒に写っているものなど、結婚披露の際のスナップ写真があるかもしれない？　程度である。

葬式についても同じ。次郎と正子はかつて梅原龍三郎《りゅうざぶろう》さんの葬儀で見た「生者は死者の為《ため》に煩《わずら》わさるべからず」という書に、いたく感銘を受けたそうだ。次郎の「葬式無用、戒名不用」の遺言も、その流れの中で出てきた結果である。

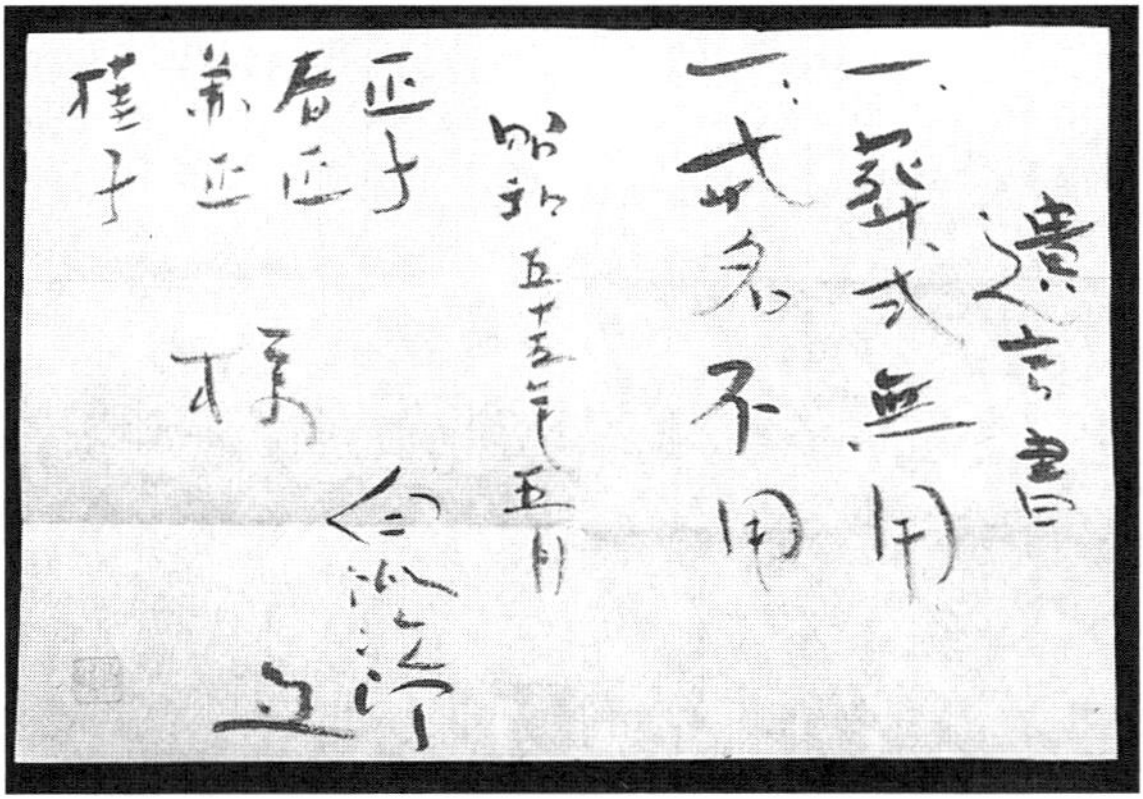
遺言書
一、葬式無用
一、戒名不用
昭和五十五年五月
白洲次郎
正子
春正
兼正
桂子 様

白洲次郎の遺言書

直言は親譲り
——「国際結婚だけは断じてダメだ」

夫婦間の無遠慮なやりとりで、桂子が私にすごい剣幕で食ってかかるのを傍らで聞いていた正子は、そのつど、痛み入ったふうに伏目がちに両手を揃え、「**不調法なことで**」と私に頭を下げる。それは定番の儀式となった。

ある時、正子の前で、桂子とちょっとした言い争いになり、私が冗談を言ってその場を納めたことがあった。そのとき正子は、妙にしみじみした口調で言った。「**次郎さんが今のあなたみたいに、私を構ってくれていたら、私はこんなふうにならないで済んだのに**」。

それは、私にとって初めての、そしてたった一回だけ見た、正子の女らしい表情だった。

正子にとってすべての原点はお能であって、そこで地下水脈に当たったように骨董《こっとう》や文筆の世界へと広がっていったように私は思っている。正子の着物の着かた、立ち居振る舞い、ものの言い方、考え方などには、女というより、男の色気を感じることが多かった。

桂子にとっては、学校から帰ってくると「お帰り」といって出迎えてくれ、遠足ではお弁当のおむすびを握ってくれるのが理想の母親像であったようだが、正子は食事は作らないし、あまり家にもいないで飛び回っていたわけだから、長いこと母親を恨んでいたようだ。両親から、ああしろ、こうしろ、勉強しろ、などと言われた記憶もなく、運動会にも来てくれたことは一度もない（ただし、次郎のほうは可能な限りスキーや美味《おい》しいものを食べに連れて行ってくれたりと、家にいない母親の代わりをしてくれたと桂子は感謝している）。日常のことは、生まれたときから付いていた乳母さんや使用人がすべて親の代わりにやってくれたようだ。親は相談にも乗ってくれないので、いつも自分の判断でやってきた、と桂子は言う。

そうは言っても、私から見れば、桂子は相当に強く両親の影響を受けていると思う。

初めて会った頃から、やっぱり一般の家庭の子とはちょっと変わった娘であった。ふだんはあまり喋《しゃべ》らないが、言いたいことははっきり言う男の子のようなコワモテの少女で、それはいわゆる上流階級のお嬢さんの一つのタイプなのかな、と私は長いこと思い込んでいた。だが次第に、何かにつけ色々なところで、どんな立場の人に対してであろうと、間違ったことを言われたらきっぱりと指摘をして絶対許さないことが多いのは、両親そっくりなのだと分かってきた。言い過ぎてこちらがヒヤヒヤさせられることもある。また出世しそこないそうになる（２０２頁《ページ》）のもイヤなので注意すると、「そんなこと言われたって、思ったことは直《す》ぐはっきり言え、と親から教わったもん」と来る。

ある日、我が家のガラス戸に、山鳥が大きな音をたててぶつかり、のびてしまった。私は可哀《かわい》そうに思って、すぐ桂子を呼んだところ、桂子はそれを見た途端、ひとこと「あら美味そう」と言った。

またある時は、誕生日のプレゼントに、テニスをする時に付けるダイヤのイヤリングが欲しいというので、私なりに気張って、たしかにあまり大きくない分相応のダイヤであるが、浮き浮きしながら渡した。しかし桂子は開けて見るなり「もっと大きなのが欲しかった」と抜かした。その顔は、香港《ホンコン》で買ってきた瑠璃釉《るりゆう》のどんぶり（61頁）を見せた時の正子の顔と同じであった。

こんなこともあった。二十年くらい前、私が禁煙を決意して三か月たった頃。いちばん辛《つら》い時期なのに、桂子が目の前でタバコを吸う。「せめて俺の前では吸わないでよ」と頼んだら、「いやよ。そんなならあなた吸えばいいじゃないの」と返してきた。

つい先日も、食卓の上にあったビンを「これ塩？」と聞いたら、「違う、粉ミルク」と言う。念のため舐《な》めてみたら塩だったので、文句を言ったら、「そんなこと、人のせいにしないでよ」と怒られた。これはちょっと両親が教えようとした筋とは違うような気がするが、小さな平和を求めて私は何も言わないことにしている。

ご多分にもれず、この頃はお互い同じ話を何度もするようになった。私は三回は黙って聞き、四回目には「その話、ちょっと前に聞いたような気がする」と伏目がちに言うように努力している。

それでも時々桂子は、親譲りか、胸のすくようなことも言う。テレビのニュースを見ていた私が「人間は、なぜ勉強をしなければいけないのだろうか？」などと言うと、すかさず「社会に貢献する人間になるためよ」と来た。

次郎も正子も桂子も、人や物に媚《こ》びたりしない。思うままを口に出して、それで（人格と基礎学習の足りない桂子以外の二人については）世間で通ってしまう凄《すご》さがある。

次郎と正子が言い訳を言ったり、人を裏切ったり、アリバイを主張したりするのを、私は聞いたことがない。そしてほとんどの場合、白黒がはっきりしていて気持ちがいい。

ただし、ときに礼儀としてのお世辞は言うので注意が必要だ。桂子は「ああ美味しかった、ご馳走様《ちそうさま》でした」などと真顔で言って店を出たとたん、「ああまずかった。招《よ》ばれても二度と行かない。あたしのほうが上手」とやっていた。上流階級の社交辞令には気をつけたほうが良いとつくづく思う。

それから、どっちに似たのか、桂子はとても記憶力がいい。正子が晩年、「喜寿のお祝いをしてよ」と娘にねだったら、「イヤよ、私の七五三のお祝い、してくれなかったじゃないの」とのたもうたそうだ。記憶のいいのは重宝な場合も多いけれど、こちらのアリバイ工作などは、相当綿密に考えた上でせりふを練習し、最低六か月は覚えておかなければならない。

桂子は二歳ぐらいから鶴川で暮らした。戦争末期でもあり、近所の農家の子供たちと泥だらけになって遊ぶ毎日だったという。ある日、いつものように麻生太賀吉《あそうたかきち》、和子御一家が遊びに来られ、桂子と同い年でご子息の、後の総理大臣太郎氏もやって来た。太郎ちゃんは目がパッチリとしてとても可愛《かわい》い子供だったので、まわりの大人たちは口々に「太郎ちゃん、可愛い」と言い募る。親から服装も構われないでいた桂子を不憫《ふびん》に思った直ぐ上の兄が、「うちのトゥーラちゃんだって可愛いよ」と涙を流しながら訴えてくれたそうだが、なるほどその頃の写真を見ると、これじゃ俺も惚れないや、というほど不憫な田舎の子であった。

それはともあれ、当時親に連れられて、正子のお里の大磯《おおいそ》に遊びに行くと、同じ年頃の樺山の従姉《いとこ》や近所の御大家の子供たちに「あなた、いつも同じお洋服着てるのね」とか「何だかくさい」などといじめられたのだと言う。その後大人になっても、その方々とは付き合いは続いているが、桂子は、その時のことを思い出すと今でも震えるほど悲しくて腹が立つ、誰が一番意地悪だったかも一生忘れない、と言っている。やはり敵に回すと怖い存在であることは、まったく変わりない。

桂子は、親からあれを習え、これを覚えろなどと強制されることは一切なかったが、そのかわり、活《い》け花やお茶を習いたいなど頼んでも、「**あんな形式化してしまったものなど習っても何の意味もない**」と言われてしまい、習わなかったことを長いこと悔やんでいた。普通の親がしてくれることは何もしてくれなかった、と恨みにも思っていたようだが、二十代前半にはパリに一年ほど留学させてもらっている。幸い本人の耳が良いのと、家主のマダムが教養ある方だったこともあって、結構上等なフランス語も喋れるようになったそうだ。ちなみに次郎は「**上等なパリ生活を楽しんで来い。ただし国際結婚だけは断じてダメだ。バテレンと天気予報士も嘘《うそ》をつくからダメだ**」と言ったそうだ。

両親から西洋人との接触のしかたも教わったし、結果的には、正子からも着物の着かたや花の活け方なども含め、普通の人が経験できないことを教えてもらった気がする、と最近は言い始めている。

元々両親はそれぞれ違う分野で活躍し、マスコミなどに登場することも多かった。子供たちは皆、それをとても嫌がり、ましてや両親のことを自慢したりすることなどまっぴらで、逆にとても恥じているようだ。

とくに桂子は、正子の著作もほとんど読まない。なぜなのか聞いてみると、「だいたい物書きは嘘つきで、私が教えてあげたことを、さも自分のことのように書く」などとも言う。桂子としても、自分の子供の学芸会でも見ているようで、何か失敗をしでかしてはいないかと心配で読めないのだという。先般の次郎を扱ったNHKドラマも、作り事が多いだろうし全く興味がないと、見ようともしなかった。

ところが最近は、自分でも両親のことを書いたり、料理の本などを出版したりして、とうとう嘘つきの側に行ってしまったのではないかと危惧《きぐ》している。

次郎は夫婦はなるべく一緒にいないことと言ったが、じつは私はなるべく一緒にいたい性格だ。しかし最近、「若いときはあなたに対して遠慮して暮らしていたが、もう我慢しないわよ」と桂子に宣言されてしまった。なるほど、新婚何年かは確かに私に遠慮もしていたかもしれないが、子供が生まれ、こちらもうっかり気を緩めて以来、もう何十年も私のほうが言いたいことを言われ続けているような気がしている。親しい友人たちには、円満のコツは負けるが勝ちと説き、そのほうが楽でいいよと勧めてきたが、「何言ってるのよ、大体あなたは威張りすぎよ」とまだ言うので、こちらとしてもこれ以上譲歩はできない。しかし夫婦でよく話してみると、毎日負けてなるものかと、突っ張り合っているとも言えそうだ。

いまや、夫婦のやりとりもかなり高級な会話になり、私が「まあ有名な白洲の娘をかみさんにして損したこともあるが、得したことのほうが多かった」と言うと、桂子は「今頃わかったか、無礼者」と来る。また、桂子の問いかけに対して、私の答えに心がこもっていないとなると「せっかくお言葉をたれてやっているのに、何だその態度は」と噛《か》み付くレベルにまで達している。

だがやっぱり私は、とうの昔に桂子と張り合うことの無駄を体得している。

ところが最近になって、直言は親譲りとして、桂子の愛想が悪いのは、都会っぽく口の悪いちゃらちゃらした私に対して、田舎の子が上目遣いに警戒心を露《あら》わにしていたのだと気が付いた。鶴川に長い間住んで、土地の子と遊び、小田急沿線の学校に通った彼女は、時々都会の〝ソサエティー〟へ親に連れられて行ったものの、本質は近所の農家のおばあさんに、おやつだよと沢庵《たくあん》やきゅうりをもらい、野山を駆けていた自然児であったようだ。

その証拠に、桂子は最近ポツリと「パパが軽井沢なんかに家を持たなければ、あんなソサエティーに半端《はんぱ》に首を突っ込むこともなく、一生を田舎の子として暮らして、いっそ幸せだったかも知れない」と言っていた。

可愛い孫との秘密

――「東大に行け、そして役人か銀行員になれ」

わが息子は鶴川で生まれ、小林秀雄さんに龍太と命名していただいた。白洲には男三人女一人の孫がいるが、隣に住んでいる地の利もあり、一人娘の子供ということもあって、次郎が亡くなるまでの十五年間、とても可愛がってもらった。私は会社勤めで、次郎と龍太が話をしているところを見ていないので知らなかったが、短い間にずいぶん、教育というか、刷り込みをされていたようだ。

息子から聞いた次郎の言動を、いくつか拾ってみる。

小学校や中学校から彼が帰る時間を見計らって、次郎は自分でポルシェを運転したり、生ぬるいスコッチの水割りを片手に、娘に運転させたりして駅まで迎えにいったそうで、ちょっとでも帰りが遅いと、熊《くま》のようにうろうろ心配げに歩き回っていたそうだ。

中学二年のある日、腹の具合が悪かった息子は、我慢しきれずにちょっと漏らして駅に着いたら、次郎がいつものように迎えに来ていた。恥ずかしいのと悪いのとで「いいよ、おじいちゃま。今日は歩いて帰るよ」と言ったところ、世にも悲しそうな顔をされてしまい、今でもあの表情は息子の脳裏に焼き付いているそうだ。

家では孫に肩を揉《も》んでもらいながらスコッチを飲むのが至福のときだったらしく、うれし涙とよだれを流しながら揉まれていたという。そして時事や政治のニュースを一緒に見ながら、公《おおやけ》に資することを失する行為や子供が犠牲になるような事態が報道されると、次郎はとても憂《うれ》いていたそうだ。

ある日、親交のあった広島の右翼の大物、岩田幸雄さんから、寅年《とらどし》の次郎に目玉が付いた虎《とら》の毛皮の敷物が贈られて来て、洋間に敷き詰めた。次郎が小さかったわが息子に、**「これは生きているんだぞ」**と言ったら、おびえて泣き出してしまった。それを正子に見咎《みとが》められ、こっぴどく怒られた次郎はうろたえて、龍太が好きな京都の和菓子を走って取りに行き、悪かったと謝ったとか。

軽井沢では、次郎が蜂《はち》の巣を始末していて、危ないから近寄るなと孫に言ったとたん、自分が刺されてしまったこともあったそうだ。またある時、次郎から「**夏、ここに来られるおじいちゃまの知り合いの中で、誰が好き?**」と訊《き》かれたので、息子が正直に「豊田《とよだ》（章一郎）さん」と答えると、とても満足そうにする。さらに「それから?」と訊くので、いつも手土産に大好きな京都の御干菓子を持ってきてくださる「Xさん」と言ったとたん、次郎はひどくがっかりして椅子《いす》にへたり込んでしまったそうだ。

いたずらしたことももちろんあったようだ。ある日、次郎のポルシェの前に釘《くぎ》をまいておいたら、パンクしてしまった。次郎が「お前か?」と訊くので、息子は気圧《けお》されてしまい「やってない」と答えてしまった。次郎はただ一言、「**こういうことは、やめろ**」と言ったという。

案外平凡で意外だったのは、孫には、「**東大に行け、そして役人か銀行員になれ**」と言っていたことだ。それを横で聞いていた正子は、「**また次郎さん、いいかげんなことを言って。役人なんて絶対なっちゃだめよ**」と話したそうだ。どうもその時の次郎の判断基準は、常に就職先は世のためになるかどうかを考えて、どうあるべきかを優先したからではないかと息子は言う。

次郎の死後十七年経《た》って、ロンドン留学から帰って来たわが息子が就職活動をすることになり、図々《ずうずう》しくも家内が息子を連れ、トヨタ自動車の豊田章一郎さんをお訪ねしたことがあった。たまたま慶應大学藤沢キャンパスの第一期卒業生であったので、豊田さんが「新しくできた藤沢キャンパスは面白い教育をしているそうだが、残念ながらうちには未《ま》だ一人も来ていない。どうだい、君はうちに来る気はないのかね？」と言ってくださったそうだ。ところが、もったいないような話であるが、なぜか息子は鄭重《ていちょう》にお断りして自分で選んだ会社に入り、その後転職をして、今は教育産業の会社に勤めている。私自身が白洲に勧められた転職組ではあるが、一般論として、我々の世代では考えられない選択である。最近になって、息子にあの時、なぜ豊田さんのお世話にならなかったのか訊いたら、こともなげに「多分おじいちゃまは生きていたら、完成したところに行くな、と反対したと思うよ」と来た。なるほど一理あるなと思いながらも、親としては、ジイサン余計なことを刷り込みやがったな、という気がしないでもない。

一方、私には意味がよく判《わか》らないのだが、息子には「**君のような家庭に育った子は、こういうこと、ああいうことに気をつけなければいけない**」としょっちゅう言っていたらしい。「ずいぶん色々なことをおじいちゃまと話したけれど、二人で話したことは、おじいちゃまと俺だけの宝の時間なんだ」と言って、息子は多くを語らない。

次郎は孫にサッカーよりラグビーを勧め、孫はそれに従ってなのかどうか、ラグビーに熱中した。次郎は、孫の中学時代最後の公式試合の晴れ姿を観《み》に行き、ちょうどその一週間後に亡くなった。

桂子は、時々息子がパパ（次郎）と同じような口調でものを言うのに驚かされる、と言う。白洲と話す機会があったことで、彼の人生に影響があったとすれば、それは私としてもとても嬉《うれ》しいことで、正直羨《うらや》ましくもある。

白洲の孫である義兄たちの子供三人は、遺跡の発掘に従事したり、物を書いたり、文化的企画をプランしたり、アクセサリーを作ったり、骨董を手がけたりと、何らかの形で正子の世界に関わりを持っている。だがわが息子だけは父親がサラリーマンであるせいもあって、今のところほとんど〝正子ワールド〟には興味を持っていない。

じつはこれは桂子の小さい頃からの母親観から来るもので、母娘のスタンスの違いから来るものでもあると思う。

他の孫と同じように、正子はわが息子にも美しいものを見せたり話したりしてくれていたそうだが、次郎の刷り込みも効いたのか、いわゆる進学校に通い、その上ラグビーの練習で毎日くたくたになって帰ってくるので、時間的余裕がない。また、当然他の孫と違って隣に住んでいれば、正子の関係の方々にお会いする機会は一番多かったはずだが、桂子は決して息子に会わせなかった。はっきり言えば、母親が意識的に「こっちの世界」にいるように仕向け、彼女の言う「あっちの世界」から遠ざけたのである。

骨董店での仰天
――「あら綺麗ね、桃山はあるわね。いただくわ」

私と桂子は、結婚して一年ぐらいは東京・青山でマンション暮らしをし、その後、成城の家の自室を改築して私の家族と同居した。桂子は母のことが大好きで、あなたと結婚するというより照子さん（私の母）と一緒にいたかったから、と公言し、料理好きの母と一緒に習いに行ったり、母に料理を教わったり、手芸を一緒に楽しんだり、理想的以上の関係に見えたが、やはり狭い住空間であるし、いくら仲良しでも嫁と姑《しゅうとめ》という絶対的な関係は超えられない。ちょっと悩んでいたところ、私が会社に行っていた間に、近所についでがあったと言って突然次郎が訪ねてきた。十分もしないうちに、「**こんな狭いところにいると息が詰まる**」と憎まれ口を叩《たた》いて帰ったそうだ。

白洲の家族は、上の兄二人も鎌倉《かまくら》や赤坂に所帯を持って暮らしており、いわゆる日本的家族主義ではなく、一緒にご飯を食べたり集まったりなどほとんどしない。桂子は、米や野菜がなくなったり、多分お金が不足したりすると時折鶴川に行く。私はヤナセでフォルクスワーゲンの営業課長になって忙しかったので、都合がつけば同道して、たまたま次郎や、ふだん取材旅行に飛び回っている正子がいれば、麻雀《マージャン》の卓を囲み、晩飯をごちそうになって野菜を抱えて帰る、という平凡な付き合いであった。

結婚して四年目のある日、次郎が、**鶴川の家の隣の栗林を桂子にやるから、とにかく引っ越して来い**と言う。苦労して借金をして小さな家を建て、息子がまもなく生まれ、一年後には西武百貨店に転職をし、腰を落ち着けることができた。

次郎は、隣の我々の新居には、少なくとも私が家にいる時は、けじめなのであろう、決して入ってこず、外からドア越しに桂子と用件を話すと帰っていった。私たちの子供が生まれて間もないある日も、いつものように桂子になにか言いにやってきたのだが、私がいるにもかかわらず、目の前の孫の姿を見つけたとたん、「**オー、よちよち**」とか何とか、わめきながら入ってきてしまった。彼のそれまで守っていた矜持《きょうじ》はもろくも崩れ、それからはためらうことなく家の中に入って来るようになった。

それ以後、私は正子とも色々な話をする機会が増え、それまで私のまったく知らなかった世界を見せてもらうことが多くなった。

その一つが骨董の世界だ。一九六六年頃、取材か何かで正子が京都に行くとき、桂子が一緒に行くと言うのでお供をした時のことである。

何も分からず付いて行くと、とある骨董店でいきなり挨拶《あいさつ》もそこそこに、若いご主人が何やら掌《てのひら》に入るほどの金物を、大事そうに正子の前に黙って置いた。

それを手に取った正子は、「あら綺麗ね、桃山はあるわね。いただくわ」と言う。何が起こっているのか判らずに、店を出てから聞いてみると、それは桃山時代の七宝の釘隠しで、値段は五万円だと正子が説明してくれた。当時私の給料が月手取り二万円位、家のローンを必死で払っていた時である。それを値段も聞かずに買うなんて、どうにも判らない。桂子も別に何も言わないで、すまして見ているだけだった。この時、私以外のここにいる皆、気が狂っているに違いないと思った。これは正子が亡くなった今でも付き合ってもらっている、柳孝さんの店に行った時のことである。

今思えば、桂子と付き合い始めて白洲のうちに遊びに行くと、ご飯の前にジントニックを飲むのも初めてだったけれど、何だか薄汚いメシ茶碗《ぢやわん》や皿が出てきて、変な家だなとは思っていたが、それが古染付《こそめつけ》であったり、古伊万里《こいまり》の皿であったのだ。

その後何年かして、私が西武百貨店池袋本店美術部の課長に転属になった時、売り場を見て回っていると、ガラスケースの中に、日頃正子が土瓶から無造作に番茶を注いでいる麦藁手《むぎわらで》のざっくりした筒茶碗と同じものが納めてあるではないか。びっくりして値札を見ると、一個七十万円と書いてある。古株の年上の女係長に、これは何だ、

魯山人の湯呑み茶碗

と訊くと、彼女は明らかに、こんど外商部から移って来た新任の課長は本当に何も知らない、無教養な人だ、という顔をして「魯山人《ろさんじん》です」と言う。私はカッと来て「何だ、こんな茶碗、家じゃ猫がこれで水飲んでらァ」と返して、もっと怒らせてしまった。

それ以来、家で正子がそれにお茶を入れてくれると、ちょっと緊張するようになってしまった。また、ある日桂子が「芝の畑中と言う骨董屋に、とてもいい車箪笥《くるまだんす》がある。買わなくてもいいから、見るだけでもいいから行こうよ」と言うので、だまされて付いて行ったところ、とても味のいいものだったので気に入ってしまい、当時二十万円といえば私の一年分のボーナスと同額であったが、買ってしまった。

どうやって暮らしていたのか、当時のことはあまり思い出したくもないが、不思議なもので、門前の小僧でも買ってしまえば何とかなるもので、今でもとても大事にしているものの一つだ。

正子のアドバイス

――「何でも良いから一つ、井戸を掘りなさい」

第一線を退いてからの次郎は、いくつかの会社の顧問や相談役をしたり、海外の知人の日本進出の相談に乗ったりしていて、鶴川にいる時間も増え、もっぱら家族に頼まれたテーブルや収納箱などを作っていた。たまに私が休みの日には、唯一《ゆいいつ》の男手として、その手伝いをさせられ、「**君はぶきっちょだねえ**」などと言われながら結構楽しく過ごした。週末には、次郎は相模《さがみ》カンツリー倶楽部かスリーハンドレッドクラブへ、自らポルシェを運転してゴルフに出かけたり、軽井沢ゴルフ倶楽部までのドライブを楽しんだりしていた。

次郎は鶴川には一切仕事を持ち込まず、赤坂のタウンハウスや先方の会社、ホテルなどで仕事をしていた。来客といえばほとんど正子の客人で、テレビや雑誌の取材、インタビューのほか、骨董商や作家、陶芸家、画家、学者、そして出版社の担当の編集長や編集者といった方々が多く、私がたまたま休日で自宅にいるときは、陪席させてもらうこともたびたびあった。歴史や骨董、名の知れた文士や文化などの話題で正に談論風発、彼らは夜更《よふ》けまで酒を飲んだり鍋《なべ》を突《つつ》いたり、とても楽しそうに過ごしているのだが、私はそのほとんどの話題に付いて行けず、とても惨《みじ》めで悲しい思いをしながら、黙って聞いている他はなかった。

ある日、正子に、「あまりにも自分が教養や知識に乏しく恥ずかしいので、中学の歴史の本から始めて、すこし勉強し直そうと思います」と言うと、「**ああそう。それも良いけど、あなたそれなら、何でも良いから一つ、好きなことに集中して井戸を掘りなさいよ。そうすればそのうち、地下水脈に辿《たど》り着くの。そうすると色んなことが見えてくるのよ**」と言われた。その時は意味がよく判らなかったが、後で考えてみると、すばらしいアドバイスであって、仕事や趣味の上でもとても役に立ったと思う。

そんな折、西武百貨店の展覧会の仕込みのために益子《ましこ》焼の窯元《かまもと》や作家を何軒か訪ね、部員の研修も兼ねて轆轤《ろくろ》挽きの実習などを行なった。私もチャレンジしたものの、まったく土は立ち上がらなかった。そのあと濱田庄司《しょうじ》さんの茅葺《かやぶ》きのきれいな屋敷を見たり、作務衣《さむえ》を着た島岡達三さんのざっくばらんで気取らない態度に接したり、そこで働いている西洋人の弟子たちの立ち居振る舞いを見たりして、元々格好つけたがるスノッブな性格の私は、なんてカッコいい生きざまなのかと、その情景にすっかり感激してしまった。

それまでの私は、学生時代にバスケットボールなどのスポーツには熱中したものの、芸術は関心外であった。女学生の時にかなり本格的に油絵を描いていた母親の影響で、小学校の時にはまじめに毎週油絵を先生に付いて習ったものだが、アートには無関心で、母が絵画の展覧会に誘ってくれても、興味をもつことはなかった。高校の絵画の宿題ですら、自分が小学生のときに描いた油絵を洗ってニスを塗って提出してすませたり、友人の宿題の水彩画を五百円で代筆していたぐらいだったのだ。

その後、陶芸作家の坂田甚内さんを訪ねた時も、彼が轆轤の上で自在に土を操り、一メートルも真っ直ぐに筒状に立ち上げるダイナミズムとリズムに魅せられてしまった。懲《こ》りもせず再挑戦したところ、やはりうまく行かなかったのだが、甚内さんがちょっと手を添えてくれただけで、土が見事に立ち上がった。

とても興奮したのも事実だが、「そうだ、焼きものをやろう。正子は焼きものに詳しいが、自分では作らない。何か話すきっかけがあるかもしれない」という、ちょっと不純な動機もあった。電動轆轤を購入し、二、三回習いに行ったところ、高校時代バスケットボールでインターハイ三位になった運動神経のおかげか、自転車と同じで上手い下手は別にしても、すぐに中心を取れるようになり、独学で色々試すうち、生来飽きっぽい性格の私が、生まれて初めて、のめりこめるものを見つけたと思った。

会社勤めの身で自由な時間は十分ではない。夜遅く帰って、土の乾き具合を見て、轆轤を挽いて高台を削りだして乾かし、割れないようにそっと近所のプロの窯場にもって行き、薬を掛けて焼成してもらっていた。だが、最後の詰めの本焼きを他人任せで、これは俺の作った茶碗と言えるのか、これなら観光地の楽焼絵付けのレベルとあまり変わらないではないかと欲求不満になった。しかし電気窯は相当高価で、西武の課長の給料ではとても買えなかった。

ちょうどその頃、次郎のイギリス行きに、会社の出張予定を調整して私が一緒に付いて行くことになった（238頁）。往復の飛行機代は白洲が手配して、生まれて初めてファーストクラスに乗った。白洲の古い友人であるS・G・ウォーバーグ銀行のオーナー、サー・シグモンド・ウォーバーグさんが支払ってくれたらしい。会社の出張規定のエコノミーの代金が私の手元に残ったので、白洲に感謝しつつ、死ぬほど欲しかった電気窯を買った。大きな声では言えないが、いま告白する。シグモンドさんに因《ちな》んで、志を具体的に満たす窯、という意味の「志具満窯」と名づけ、看板を焼いて窯にぶら下げた。

これで晴れて、一貫作業のできるスタジオを確保した。桂子は私の作ったものを使ってくれる。バター入れや薬味入れ、パイ皿なども注文してくれ、たまには褒めてくれるのだが、プロセスにはまったく興味を示さない。これは絵がなければモット良かったのに、などとからかうだけだ。それでもいい。いつになっても、窯開けは、まるで小さい頃母親の作ってくれた遠足のお弁当を開けるときのような、たった一人のワクワクする大イベントである。

　焼きものを始めた頃、まだ温かいうちに取り出して、隣の正子に見せに行くと「**あんた上手いねえ**」と言って、ぐい呑《の》みや湯呑みを一つ二つ手にとり、「**これいただくわ**」。私は「ハイ千五百円です」と本当に売って小遣い稼ぎをしていた。おもしろいことに、中から一番いいものを瞬時に見極め、さっと取るのである。その話を桂子にすると、「そうよ、あの人欲張りで物欲の鬼よ。あたしの持ってるものでも欲しいとひったくるもの」と言う。さすがに後になってからはタダで差し上げていたが、正子は、ぐい呑みで酒を飲んだり、入院するときの「入院セット」の湯呑みに採用してくれたり、結構重宝してくれて、とても嬉しかった。

　次郎にも、名入れしたビアマグを作って渡したところ、「**まあ、素人《しろうと》の手慰みよりちょっとマシか**」と最大級の褒め言葉をくれたが、彼がそれでビールを飲んだのを見たことがなかった。亡くなってから桂子に尋ねたら、「あら、そんなことないわよ。

結構気に入ってあれで飲んでいたわよ」と言ってくれて、なぜかちょっと嬉しくなった。

ビギナーズ・ラックのようなものかもしれないが、正子は美の追求ということには妥協を絶対しない人なので、それでも婿《むこ》さんだからちょっとはお世辞もあるかな、などと思いながらも、稀代《きたい》の目利《めき》きに褒められると嬉しかった。そして「**いい材料を使いなさいよ。いいものをたくさん見なさいよ。これから色んなもの見せてあげるから**」とも言ってくれた。

正子が亡くなる半年前に、ひょんなことから銀座のギャラリーで私の陶芸展をやるはめになった。それまでの二十年間に作ったものの中から二百点ほどを選び、親しい人たちに見ていただき、作ったぐい呑みを差し上げ、美味しいワインを飲んでいただくだけの「個展ゴッコ」である。

このために新しく焼いたものがたまったとき、桂子に「前もってママに見せたい」と言うと、「止《よ》しなさいよ。どうせ会場に来るんだから、そのときでいいじゃないの」と言われ、それもそうかと諦《あきら》めた。だが結果的にはその直後、体調を崩して正子は亡くなってしまった。正月の個展を見てもらえなかったのは今でもとても心残りだ。

個展ゴッコは正子の亡くなった二週間後であった。例によって葬式をしなかったの

正子が愛用した筆者作の湯呑みやぐい呑み

工房入口にぶら下げた看板

次郎のために作ったビアマグ

で、正子とお付き合いのあった柳孝さん、宮島格三さん、瀬津吉平さんなど錚々《そうそう》たる骨董屋さんや、青柳恵介さん、三宅《みやけ》一生さん、三笠宮信子《みかさのみやのぶこ》妃殿下など大勢の方が来てくださった。武相荘にもよくいらっしゃって、正子と旅に出かけていた細川護熙《もりひろ》さんもヒョッコリやってこられて、「楽しそうですね。陶芸というのはどのくらいのスペースがあれば出来るんですか？」と尋ねられた。「白洲の隣の我が家に工房を作ったので、遊びがてら見にいらっしゃいませんか？」とお誘いしたら早速来られたので、いろいろ話をして陶芸入門の本などをお貸しした。ちょうど国政から潔《いさぎよ》く身を引かれ、伊豆《いず》の湯河原の山荘で晴耕雨読を宣言された頃であった。

それから半年も経った頃、月刊誌を何気なく開いたら、何と細川さんが立派な工房と見事な井戸茶碗と一緒に写っておられるではないか。失礼ながら、「嘘だろう。誰かに手伝わせているに違いない。俺は二十年かかってもこんなに轆轤はひけない。土を耕さずに、土を捏《こ》ねたって」とその時は思った。お誘いを受けて友人と伺うと、細川さんの工房にはすばらしい平茶碗や筒茶碗がごろごろ並んでいた。奥様にお聞きすると「あの人は凝り性で、物事に集中するとすごいんですよ」とのこと。京都の作家のもとへ押しかけて、強引に泊り込みの弟子として修業されたそうだ。これを正子に見せられなかったのは、とても残念なことだ。

細川さんはいまや売れっ子作家としてご活躍だが、彼が最初に我が工房を訪ねてこられたとき、ちょっとでも私が土いじりと轆轤の手ほどきをしておけば、「アア、あれは俺の弟子よ」と言えたのに……と悔いている。細川さん、参りました、疑ってごめんなさい、である。

出藍《しゅつらん》の誉れどころか最初から上手かったようで、共通の友人によれば「それはお前と違って、何代にも渡って良いものに囲まれて暮らしてこられたんだ。生まれと育ちの違いよ」とにべもない。「それでもきっかけは俺が作ったんだ。俺が心の師匠だ」と私は小声で呟《つぶや》いている。

もっとも細川さんという人は、何事も習得が早い。私は大学生の頃、軽井沢ゴルフ倶楽部のジュニアメンバーとして彼と同期生であったが、一年後の夏には彼はシングルプレーヤーになっていた。熊本県知事になったり、テニスやスキーで国体に出たり、突如総理大臣になられて潔く引退されたり。白洲次郎張りのそのスピード感には驚かされるばかりである。

また、花人の川瀬敏郎さんと正子の出会いについても、じつはちょっと私がかんでいる。

ある時知人から、西武百貨店のカルチャー教室で活け花を教えることになった川瀬敏郎という若くてハンサムな男が、原宿の料亭でイベントをやるので行きませんか、とお誘いを受け、あまり興味はなかったが、行ってみた。

川瀬さんは羽織袴《はかま》に鉢巻を締めて登場した。初めは、はったりっぽく見えて、斜に構えて見ていたところ、竹やぶから竹を切り出し、枝をそぎながら草花や木などを活けていく動きに美しさがあり、無駄のない出来栄《できば》えに、素人なりにだんだん引き込まれ、魅入られてしまった。

家に帰って正子に川瀬さんの話をしたのだが、自分の感性に今一つ、自信がもてなかったので、「もしかすると、大ペテン師かもしれませんが、すばらしかった。何だか立《た》て花《はな》とか言っていましたけど」と言ったとたん、正子は「ア、それは絶対本物よ。**むかしは花を立てると言っていたのよ。見たいわ。今度どこでやるのか聞いてきて**」となり、次の機会にいそいそ出かけていった。とても興奮して帰ってくるなり「今日**はいいものを久しぶりに見た。正に今の華道が失ったものを見た**」と言って、早速、川瀬さんを武相荘に呼んだ。信楽《しがらき》の大壺《おおつぼ》に花を立ててもらって楽しんだり、「芸術新潮」に連載中の「日本のたくみ」に川瀬さんのことを書いたりと、正子が亡くなるまで、長いこと良い付き合いが続いていた。

話は変わるが、西武が香港に店を出すことになり、仕入れの責任者としてリサーチに出かけた折、大きな骨董店に案内された。私は、よし、何か買って帰って正子をびっくりさせよう、と思い、長いことかけて、三十万円ぐらいの瑠璃釉の綺麗《きれい》な七寸ほどの鉢を選んだ。

以前、正子が骨董屋に知人を連れて行ったとき、その人が店主に「負けてよ」と言ったことがある。店を出てから正子は、「**私の馴染《なじ》みの店に来た時は値切っちゃダメ。今度行った時に、あの人は値切るから、その分乗せておこうということになるだけよ**」とたしなめていたのを突然思い出した私は、ここは西武百貨店の顔もあるかと思い、値切りもせず、かっこよく決めてみた。ところが、そこの綺麗なマダムは「あなたいい人だから十パーセント負けてあげる」と言う。後でよく考えてみたら、香港の骨董店で値切らずに買おうとした人間は、世界でアラブの王様と私だけではなかったかと恥じた次第である。

別送便で送ろうかと言われたが、今日帰るという日だったし、なにしろ早く正子に見せて、褒めてもらいたい一心で抱えて帰った。家に着くなり隣に電話して、香港の骨董屋で正子さんに見せたいものを買ってきた、と言うと、正子も私の勢いを感じて「**はやく見せて**」と絶叫した。すっ飛んで行き、もどかしくも包装紙を破り、ポンと目の前に置いたところ、一瞥《いちべつ》して「**あ、そう**」とひとこと言い、それ以後は見もせずに他の話題になってしまった。あまりに悔しいので、正子が仲良くしていた京都の星野のおいちゃんこと、目利きの星野武雄さんに電話で訴えたところ、げらげら笑って「ああ、そのどんぶりは裏に何も文字が入ってないやつだろ。よくあるんだよ」。それで終わりだった。いくらなんでも婿さんが香港から今、抱えて帰ってきたものだ、「あら綺麗ね」くらいは言ってほしかったが、そのどんぶりのことは二度と話題にもならなかった。

桂子に聞いたのだが、その後、わが家の息子も同じ目に遭ったそうだ。彼が小さい頃、とても綺麗な写真集を見つけて、「おばあちゃま、見て、この写真綺麗でしょ」と見せたところ、正子は一瞥して何も言わず、横へやって終わりだったそうだ。それを見た桂子は、なんてひどいバアさんだ、息子が正子の世界（＝〝向こう側〟）に近づかないようにしよう、と心に決めたそうだ。

私は、美に対して妥協をしない正子が、僕の作った茶碗を使ってくれている、という喜びの方をとることにした。

香港で買った瑠璃釉のどんぶり鉢

正子らしい毒舌
——「足で豆腐が作れるか！」

正子が銀座の「こうげい」という着物と雑貨の店を始めた頃のこと、品揃《しなぞろ》えは自分の好みに囚《とら》われ過ぎてはいけないと殊勝に考え、お客の求めるものを、と苦労したそうだ。だが現実は、自分が気に入って注文して、売れなければ自分が買おう、と腹をくくったものから売れていったので、「**自分が好きなものを人様に勧めることが、真のサービスだと悟った**」と言っていた。なるほど、正子が次郎のために着物を仕立てさせていた、ちょっと変わり者の福田屋千吉という職人さんや、別の有名な婦人服デザイナーも、良いものを創《つく》るコツは、唯《ただ》ひたすら自分の好きな女に似合うものを着せようと思って、もの創りをするだけだと言ったそうだ。

正子の晩年、骨董の弟子入りをした当代一の売れっ子コピーライター仲畑貴志《たかし》さんも、コマーシャルの制作をするとき、たとえば、今の若いやつはこんなこと考えているだろうから、これでどうだとおもねってこっちから近づいていったものは、見透かされて絶対受けないよ、と言っていた。音楽や美術なども特色ある創作とは、案外そんなことだと思い知らされることが多い。

正子は、芸術家、クリエーター、絵手紙、作品、手作りという言葉が大嫌いで、とくに「手作り」を持ち上げるような言葉には「**足で豆腐が作れるか！**」などと毒づいていた。職人の世界は大好きで、贔屓《ひいき》にしたり育てようとしたりしていたが、ご本人は職人型ではなく、基本は学究型で現場検証を重んじるキャリアの秀才刑事タイプだと思う。

仲畑さんといえば、ある日、正子がもっている志野焼の名品、輪花の向付と同じ手を手に入れたと見せに来られた。ところがなぜか手で器の口を持って離さないので、正子が**早く見せなさいよ、**とひったくると、なんと口のところが銀で巻かれて繕ってある。とても良いものではあったが、なんだかおかしくて、皆で入れ歯みたいと冷やかしたところ、やにわに正子から取り返し、ご自分の歯でかじって無理やりその銀の縁を取ってしまった。彼が若い頃に熱中したというラグビーでタックルに入るときは、多分こんな顔をしたのであろう。

ある晩、伊賀《いが》の土楽窯の当主、福森雅武さんが正子を訪ねて来て、次郎も一緒に酒を飲み、皆で話をしたことがあった。めったにないチャンスなので、焼きものについて、私が福森さんに日頃から技術的に疑問を持っていたことを問い続けたところ、次郎に「君はさっきから焼きものの話しかしないが、この人にとって焼きものは仕事なんだ。ここへは息抜きに来ているんだから、そんな質問するな」と言われた。それもそうだと思ったが、正子は「いいのよ、この人たちはそれが何より楽しいんだから」とすましていた。

焼きものは私にとって、とてもいい「井戸」であったようだ。それほど深い地下水脈を掘り当てる実力はないけれど、それでも正子と話している時に、焼きものの話になると楽しくて、「ママ、それはちょっと違うんじゃないですか。轆轤でひいて横にして穴を開けて、形を作っていると思いますよ」とか「轆轤でひく器の形というのは内側からできてくるんですよ」とか言うと、「ああなるほどね」と返してくれる。そういう会話ができるようになった。

その後、西武百貨店の仕入れの総責任者になったとき、洋服のデザイナー、パタンナーなどの職人さんやアーティストの方たちと、生意気にも、物を作る気持ちを共有することができた。あるガラス作家などは、焼きものと共通点も多いので話が弾んだが、私が焼きものをかじっていることを知らない彼は、「デパートの仕入れの偉い人というのは、何も知らない人が多いのに、あの人は商品の細部にわたるまで勉強をしているんだ。すごい人だね」などと誤解をしてくれたそうで、正にしてやったり、である。

恥ずかしながら、今では私も古物商の鑑札を取り、正子好みのちょっと古い染付や織部の食器などをプロの競《せ》り市で落としたり、仕入れたりしている。これも正子の言う一種の見立てで、とてもクリエイティブなことだな、と思って楽しんでいる。正子さまさまである。

骨董《こっとう》について
――「向こうから話しかけてきたら本物よ」

骨董について、正子がよく口にしていたことを思い出したので、いくつか紹介したい。

「この頃は雑誌の編集者たちが、どうすれば骨董が分かるようになるんですか、なんて聞いてくる」と話していたときのこと。どうやら、カルチャー教室などが流行《はや》るように、ハウツーものに毒されて、今時の茶道や華道と同じように、上辺だけなんじゃないか、と正子は言っていた。「ワクワクしたこともないくせに、骨董とは何事か。物とも人間と同じように付き合わなくちゃ」「向こう（物）から話しかけてきたら本物よ」とも。不思議なもので、多少自由になるお金があるときは、ろくでもないものを買ってしまうものだが、一文も無い時には、かえっていい物が手に入る、というようなことも呟いていた。

こんなことも言っていた。

「贋物作りの技術は、いつも数寄者《すきもの》の上を行くのが普通で、贋物を恐れていては真物に行き当たらない。何回か痛い思いをしなければ」

「真贋を見分けるのは鑑定家、真物の中の真物を見つけ出す眼を持っている人のことを目利きという」

「高価なものが良い訳でもなく、自分のレベルで気に入った物を買って、満ち足りた時を過ごすことが大切。それで壊れてしまったらそれでいいじゃないの。それだけ身についたと思えば、美味《おい》しいものを食べるのと一緒よ」

そのほか、正子の話していたことを思い出すままに綴《つづ》ってみる。断片的で恐縮だが、お許しいただきたい。

本居宣長《もとおりのりなが》は『古事記伝』の中で、神を「世の常ならずすぐれたるもの」と記したそうだが、日本には八百万《やおよろず》の神、その中には疫病《やくびょう》神や貧乏神まで居る。正子は、日本の信仰にはいつも遊びがついてまわるところが面白く、人間の生き方を教えてくれるのが宗教だとすれば、「**出来すぎているクリスチャンには子供のころからなろうと思わなかった**」と言っていた。

正子は「文化は発達しすぎると軟弱に流れ、人間は自然から遠ざかると病的になる」というようなことを語っていた。日本の文化は自然が中心にあり、四季のある風土の中で育《はぐく》まれた独特のもので、カルチャーセンターなどで茶道、華道、能などの伝統文化の講座の人気があるのは結構なことだが、形だけ教わり、その基になる精神が薄れ、魂を失って技術だけという気がする、というようなことも。

私自身も、カルチャーセンターの茶会で、簡単に一期一会《いちごいちえ》などと挨拶されてはかなわないな、と思う。一期一会とは、死ぬ覚悟のこれっきりの時に言う言葉であって、いつ戦場で死ぬかわからない武人が茶を交わして発する言葉だ。ぎりぎりの生が込められた言葉だろう。それをお座なりに、お道具拝見、などと言って、一向に感心もしない茶器に感じ入ったふりをする社交の場で使われてはたまらない。

茶室というのは、言ってみれば自分の心の中に他人を入れる、そんな場所ではないだろうか。相手によって、時期によって、道具も応対も変わるのは当たり前、正に心の真剣勝負そのものだ。

そういえば、ある時、小林秀雄氏に「君は高い車を売っているらしいが、お客に物を売る時はどんなことを考えているの?」と訊かれたことがある。「それは切るか切

執筆中の正子

られるか、真剣勝負みたいなものです」と答えると、「ああ、そういうことですか。なるほどね」と頷《うなず》かれた。

身を美しく、と書いて「躾《しつけ》」という言葉がある。この文字は中国から来たのではなく、日本人が創ったすばらしいものだ。正子の好きな言葉の一つだったが、この心は戦後失われてしまった、と嘆いていた。言葉は生きものであり、時代とともに消えていくのは仕方がない。しかし、日本語の特徴である敬語さえも失われつつある。正子は「**敬語を使うなら使うで、すらすらと言って欲しいし、止すならいっそ廃してもらいたい。半分丁寧で半分失礼なほど、世の中に失礼なことはない**」と話していた。

国際的、国際的という掛け声ばかりで、自分の国の文化を大切にしないような輩《やから》は、いつまでたっても一流の国際人としては認められない。自国の文化あっての国際化であって、今は日本中に外国のものが氾濫《はんらん》しているが、外国人は日本人に日本のものを求めている。「**日本のものをちゃんと持っていないと、外国人に馬鹿《ばか》にされるよ**」と正子は嘆いていた。

正子は取材から帰ってくると、北向きのお籠《こ》もり部屋と称する書斎に閉じこもり、原稿を書き、書き上げるると、ほっとした表情ながら精も根も使い果たした幽霊のように「下界」に出てきた。原稿用紙に向かっている時の集中力はすごいものだった。阿《あ》川《がわ》佐和子さんに聞いても、永井龍男《たつお》さんの娘頼子さんに聞いても、皆さん、親が執筆中は忍び足で咳払《せきばら》いも憚《はばか》られた、などと言われるが、私たちは正子がそこで物を書いているのすら気づかず、普通に騒いでいて怒られたことは一度もなかった。

原稿も締め切りの具合によっては、出版社が用意したバイク便が待機していて、ピストン輸送した時もある。娘が見かねて、FAXという便利なものがあるのに、と説明しても、正子は作家と編集者との会話や育て合う関係、肉筆文字の感覚を大切にして、最後まで自筆の原稿を渡すことにこだわっていた。

私が小学生の頃は、成城学園のグラウンドのはずれに小さな円墳があり、とても神秘的な気持ちになって以来、車や汽車の窓から丸い小山を見ると、あれは古墳に違いないと思ったことが何回もある。正子と一緒の時も、私自身は覚えていないのだが、どうやら「古墳、古墳」とよく叫んでいたようで、正子は桂子と二人で出かけた時、「今ここによしおちゃんがいたら、きっと『あれ、古墳だ』って言うよ」と何回も言ったそうだ。最近になってその話を聞いて、なんだか初恋の人の思い出話を聞いたようで切なかった。

食卓にて

――「素人の女が男に酌なんかするな」

白洲一家は食べること、酒を飲むことを、とても大切にしていた。

特に正子は美味しいものを食べることに非常に意欲的で、取材旅行やインタビューで出かける時は、何をどこで食べるかをまず決めていたぐらいだ。

正子は、時代とはいえ伯爵《はくしゃく》令嬢として家事を一切しないで育ってきたので、正月の餅《もち》を網で焼くのと、朝食がパンの時にトーストを焼く以外は料理をしないが、料理に合った器をとても楽しそうに組み合わせ、お手伝いさんの見立てが違うとわざわざ取り替えていた。

料理や器に関しては、もちろん色々言っていた。たとえば、

「庭の木々にも魂があるのと同じように、日常使う湯呑みや茶碗にも作り手の心が表れる」

「味覚というものは舌の先だけでなく、身体《からだ》全体にいきわたった挙句の果ては、五感

の隅々まで浸透するのであって、そのとき初めて普遍的なものになる」

「料理にはその土地の文化が詰まっていて、生きていくための糧《かて》というだけでなく、自然の風土や歴史、信仰などの背景が、料理となって表れているから、作り手の心をも味わうために、盛り付ける器にもこだわる」

という次第。

正子と違って桂子は、独身時代に少しは料理を作っていたようだが、新婚旅行から帰ってきた時は、ご飯の炊《た》き方も知らなかった。私はびっくりしたが、その後、食べることの好きな彼女はどんどん腕を上げた。

桂子は両親に小さい時から色々なところへ連れて行ってもらい、美味しいものをたくさん食べられたことには、とても感謝しているそうだ。普通だとそれで終わりなのだが、桂子の場合は、それを情熱を持って自分で再現しようとするのである。沖縄に行けば泡盛の蔵元へ行くし、マーケットの肉屋と話し込んでアグーの調理法を聞き出したり、店に食べに行ってもシェフや板前に食い下がって専門的な質問をしたりして研究を怠らない。沖縄の三線《さんしん》も、テニスやギターと同じように納得がいくまで引き下がらない。包丁研ぎについては、次郎が上手だったのでよく研いでもらっていたが、こんなことなら教わっておけばよかったと言っている。

こういうところは正子が染織の作家や職人さんに取材する態度に似ているような気がする。桂子は自分で料理の本まで出すようになり、毎日の朝食も、麺《めん》類か、飯物か、ホットケーキか、パンか、私は二十分前に注文ができる。工夫のある食事を提供してくれるのは、最大の嬉《うれ》しい誤算である。

私は酒が弱いほうで、桂子と付き合い始めた頃はビール一杯で真っ赤になっていた。ところが酒の強い桂子に鍛えられたから、今では毎晩酒を飲むようになった。祖父の故郷である壱岐《いき》の麦焼酎《しょうちゅう》や、泡盛、清酒、ウォッカ類、スコッチのグレンファークラス、シャンパン、老酒《ラオチュウ》などを常にストックして、食事の内容によって選ぶ。洋食の時には、ちょっと貯《た》め込んでいるムートンやラトゥールのヴィンテージワインを楽しんでいる。夫婦ではしたなく毎晩一緒に飲んでいるが、桂子にお酌をしてもらったことはほとんどない。

次郎が「**素人の女が男に酌なんかするな。俺だけには特別許す**」と言っていたからだ。別に期待はしていないが、三年に一度ぐらいは、桂子は機嫌がいいと、「たまには酌をしてやろう」とのたまう。ありがたく押しいただくことにしている。

ラムの網焼き

牛肉とゆで卵の煮物

ちらしずし　３点とも牧山桂子『白洲次郎・正子の食卓』より

店を甘やかさない
――「ご馳走様《ちそうさま》は俺に言え」

　正子の影響で、桂子も古伊万里や古染付の食器などをかなりの数もっており、盛り付けの工夫を楽しんでいる。結婚する前、最初に成城の我が家に来た時、あまりにも無趣味な食器を使っているのに呆《あき》れて、結婚するのを止《や》めようかと思ったそうだ。しかし今は私の焼いた皿や茶碗が二つ三つ、さりげなく食卓に並んでいるのはとても嬉しいことだ。

　次郎は、洋食のときは必ずジントニックかドライマティーニで始まり、氷なしのぬるい水割りをぐいぐい飲む。ボルドーワイン好きのイギリスに学び、フランスにも何年かいたのに（本人がなぜか言いたがらなかったので家族も知らなかったのだが、親友のロビンさんことロビン・ビング・ストラッフォード伯爵がばらしたところによると、次郎は何年かフランスにいたらしい）、家ではめったにワインを飲まなかった。食欲は旺盛《おうせい》で量も食べる。洋食の後でもどら焼きをほおばったりしていた。面白いのは、たまにすき焼き鍋をすると必ず、肉を先に入れるか、野菜が先かで、次郎と正子が激しく言い争いをすることだった。

ある時、日本を代表する国際的な企業家のご自宅に、白洲夫婦と長男夫婦、私たち夫婦がディナーに招かれたことがあった。他にも数組のＶＩＰがいらっしゃって、これまた日本を代表する有名な料理人が目の前で作ってくれるという豪勢な会である。ホストのご主人が、「それでは、今から××先生に、今日のレシピの説明をしていただきます」とスピーチされた時、すかさず正子が「**そんなの要らないわよ、聞いたらせっかくの料理がまずくなる**」と言い、次郎も「**そりゃそうだ**」と応じ、一瞬シラーっとした。すぐ後には何事もなかったように上等のワインと料理を楽しみ、会話も弾んだのであるが、あの時ほど次郎と正子の息がぴったり合ったのを、見たことがない。

旦那《だんな》を張れる人が少なくなり、相撲取りも芸人も料理人も妙におだてられて（ご本人方が）スポイルされているのに気がつかない。横を向いたまま料理を客に出す有名シェフ、やたらと威張って客に説教する寿司《すし》屋の親父《おやじ》など、それはご本人が悪いのだが、もっと悪いのはそれを喜ぶ馬鹿な客たちだ。チップも出さずに常連ぶって威張るか、職人を崇《あが》め奉《たてまつ》るかでは、文化は廃《すた》れる。

落語家の世界ではどうやって真打を決めるのかというと、常連客の「この頃あいつは中々良くなってきたね、そろそろいいんじゃねえか」という会話なども参考にして、師匠が考えるそうだ。料理人も客が育てないでどうする、という話である。

そういえば次郎は、私たちに、レストランに対して「ご馳走様」とは決して言わせなかった。

「ご馳走様は俺に言え」である。

また、こんなこともよく言っていたものだ。

カレーのとき英国流にフォークで食べていた次郎は、

「君はまだカレーをスプーンで食うのか、赤ん坊じゃあるまいし」

なぜテーブルでナイフ、フォークは上を向けてセットするのか、という問いに対しては、

「フランス人が下を向けて置くからさ」

それから、

「夕食の時、ワインを飲まないのは犬とアメリカ人」

「食事の時、水を飲むのは金魚とアメリカ人」

「いくら酒を飲んでもいいが、人前で吐くな」

「飲んだら吐くな、吐くなら飲むな」

……などと言いながら食事をとても楽しんでいた。

せっかちで、料理はどんどん出てくるか、全部一緒に出てこないとダメ。レストランなどでは、自分が終わると「**さあ帰ろう**」となる。

あるとき私と友人たちがレストランで食事をしていると、偶然白洲が入ってきたことがあった。次郎はこちらを一瞥して「**ここは客種が悪い店だのう**」と言い、自分はさっさと食事を済ませて出て行ってしまった。私たちが食事を終えて勘定を払おうとしたら、白洲さんからもういただきました、と言われた。やっぱり次郎は「プレイ・ファスト」（118頁《ページ》）の人であった。

男次郎の持論
――「牛乳一杯飲むだけのために牛一頭飼う馬鹿がどこにいる」

ある時、次郎の唯一無二の友、アンクル・ロビン（私たちは尊敬と親しみを込めて、ストラッフォード伯のことをアンクル・ロビン、ロビンおじ、と呼ぶ）から、最高の贈り物、シングルモルトのスコッチウィスキー、一九五六年マッカランが樽《たる》で送られてきた。次郎は赤坂の家で樽開けパーティーをして、その松のような香りのする、ブランデーに近いお宝スコッチを楽しんだ。「**酒の分からんやつは飲むな**」などと次郎に言われながら、皆で飲んでいるうちに、後の総理大臣宮沢喜一さんが、小林秀雄さんの隣に来られて、「小林さん、小林さんの書いたものは難しすぎてよく判《わか》らん。僕にも判るようにモット易しく書いてくださいよ」と絡《から》んだところ、小林さんは「馬鹿なこと言うな！　モット勉強しなさい！」と怒鳴りつけた。そのものすごい迫力に、大臣も形無し、唯の東大の後輩の書生に過ぎなかった。

小林さんといえば、何のことだったか忘れたが、桂子のすぐ上の兄が、義理の親父である小林さんに、「そんなものは、世の中にいくらでもあらあ」と言ったところ、小林さんが「何！　いくらでもあるだと。どこに幾つあるか言ってみろ、いい加減なこと言うな！」と怒鳴った。酔っ払いたちの楽しいが凄《すご》みのある席で、次郎もニコニコして聞いていたが、私は小林さんと義理の息子の怒鳴り合いを聞いて、とても羨《うらや》ましく思った。俺と次郎には、ああいう腹の底からの会話は残念ながら一回もなく、お互い遠慮をしながら犬の遠吠《とおぼ》えぐらいだなあ、と淋《さび》しくなったのを憶《おぼ》えている。

さてマッカランが何年かで空になると、アンクル・ロビンから、もうお互いに年を取ったから今度は少し身体に優しいブレンドのスコッチを贈ったという手紙とともに、次なるお宝が何度か送られてきた。次郎は「吉田（茂）の爺《じい》さんは外交官だから仕方がないが、オールドパーが一番だと思っていたようだけど、あれはイギリスが輸出振興のために作ったものだ。イギリスには日本と同じように名も無きうまい地酒が、たくさんあるんだよ。持つべきものは友よのう」と言いながら、ブラックボトルという、そのちょっとスモーキーなスコッチの、相変わらず氷無しのぬるい水割りを楽しんでいた。結果的にこれが最期のお宝になったけれど、空ビンは私に託し、ビンの上部をカットしてウィスキーグラスを作らせたので、手製グラスは今も活躍している。

海外の知人が来たときやビジネスの区切りなどに行なうホテルでのパーティーには、次郎と同席したことはあるが、いわゆるバーには残念ながら一緒に行ったことはない。それでも、バーやクラブに行った時もてるための心得というのは、笑いながらよく話してくれた。それは、**①席に着いた女性には万遍なく話しかけ、一人と話し込むな。②金払いは綺麗に。③言い寄られたら即座に断れ。**であった。

こんなことも聞いた。次郎が粋《いき》な女将《おかみ》さんがやっている麴町《こうじまち》の蕎麦《そば》屋に行った時、椅子《いす》に座った白洲の靴紐《くつひも》がほどけているのに気づいた女将さんが、かがみこんで結んでくれようとしたという。次郎は「**まだ君の番じゃないけど、まあ好《い》いか**」とのたまったそうで、私も一生に一度でもそう言ってみたいと思ったものだ。

そういえば、その世界では高名な強面《こわもて》の大評論家から、ある日次郎のところに直接電話があり、〝白洲をめぐる五人の女〟について記事にするがどうだ、と言われたことがあったそうだ。次郎が「**どうぞご自由に**」と言ったところ、相手は絶句して二度と電話はかからなかった。

無論のこと次郎も男としていろいろあったはずだ。しかし次郎の持論はこうだ。

「**家庭が面白くないから男は外で遊ぶのだろうが、それでおめかけさんを囲ったら、おそらくまたそこから逃げ出して、別の家庭を作らなきゃならない**」。そして日頃から「僕はそんな無駄なことはしないよ。牛乳一杯飲むだけのために牛一頭飼う馬鹿がどこにいる」と嘯《うそぶ》いていた。

堤清二（辻井喬《つじいたかし》）さんは新聞の連載小説に白洲次郎をテーマに書こうとされたそうで、そのときは協力してね、と私に言っておられた。しかし少したってから「生前親しくしてもらっていたので、ある程度のことは分かっているつもりでちょっと書き始めてみたが、全く怪しげなところもないし、陰も感じられない。面白くないから止めて、義父である水野成夫《しげお》を書こうと思う」と言われた。

なるほど、堤さんにしてみれば、腕白な健康優良児の表彰状のような伝記は得手ではないだろうな、とその時私は思った。次郎の〝陰〟の部分は、私にももちろん謎《なぞ》のままである。

次郎の親友ロビンから贈られたウィスキーと瓶から作ったグラス

次郎が自ら輸入者となって
受け取ったことを示すラベル

鶴川村のパパとママ
――「田舎に住んでまともな生活をしている人は田舎者とはいわない」

次郎と正子が東京・小石川から小田急線沿線の農村、鶴川村能ヶ谷に引っ越してきたのは、戦争末期の一九四二年のことだ。

その頃次郎は、商社勤めのサラリーマンでありながら、吉田茂さんのいわゆる「ヨハンセングループ」の、本人の言葉を借りれば政治の野次馬の一員であり、かねてから近衛文麿さんのスタッフとして、対米開戦を阻止するべく行動をしていた。次郎の父文平や正子の父樺山愛輔は、明治の初めにアメリカのハーバード大学やアマースト大学、ドイツのボン大学に留学していたし、次郎も正子もイギリス、アメリカへの留学を経験したのはご存知のとおりである。父親の代からのネットワークを背景に、海外で直接に見聞きした情報はかなり精度が高く、日本と欧米諸国の国力の差を目《ま》の当たりにしていたと思う。

次郎と正子は、日米開戦が避けられない情勢の中、日清・日露戦争で圧勝したことになっている日本は、徹底抗戦した末には残念ながら焦土と化すだろうと早くから確信していたようだ。ヨーロッパでは国が戦場となる恐ろしさを身近に見聞していた次郎は、四十歳そこそこでありながら、勤めていた日本水産の取締役をあっさり辞め、疎開《そかい》を決意した。東京からそう遠くなく、より安全なところを求めて探したところ、鶴川村から家事見習いに来ていた女性の情報で茅葺《かやぶ》きの農家にたどり着いた。破れ障子に破れ畳ではあるが、山を北に背負った南向きの家屋、南北に竹やぶのあるそこそこの大きさの庭、東西には桃畑や栗林がある。南側に千五百坪ほどの水田と九百坪ほどの畑を含んだこの土地をとても気に入り、住処《すみか》と決めたのだった。

次郎は、イギリス貴族のように自分の領地に住んで身体を鍛え、いざ鎌倉というときには国のために一肌脱ぐ〝カントリージェントルマン〟をイメージしていたようだ。元々農業に関心が高いうえに、戦時には食糧難になることをヨーロッパで見聞していたので、自ら水呑《みずの》み百姓と称して、友人の今日出海《こんひでみ》さんに「なんだ、ドリンクウォーターか」などと冷やかされながら、かなり本気で農業に取り組んだ。もっとも、時代劇好きの次郎は、それまでは「**だまれ百姓**」などと口走っていたが、それ以降は「**だまれ町人**」と言うようになったそうだ。

太平洋戦争が終結しても、次郎は東京に戻ることはなかった。後年には赤坂にタウンハウスを建て、東京での行動の拠点にしていたが、可能な限り鶴川での田園生活を楽しんでいた。

また、正子も元々、幼少時には御殿場の広大な別荘で過ごし、乗馬などを楽しんでいた少女であった。鶴川村での暮らしは、当初から気に入っていたという。少女時代から親しんだ「能」という字の入った地名にも、運命的なものを感じて強く惹《ひ》かれたそうだ。

その頃のことを正子は『鶴川日記』にも書いている。東京での仮住まいから離れて、初めて自分たちの家を持った喜びに溢《あふ》れている。周りの七軒の裏谷戸「組」に入れてもらい、「裏谷戸」という屋号で呼ばれるようになり、彼らの助けを借りて屋根茅の葺き替えをしたり、黒光りした大黒柱を磨いたり、時間をかけて好みの住処に仕立てていった。いつも正子は「**田舎に住んでまともな生活をしている人は田舎者とはいわない。都会の中で恥も外聞もなく振舞う人種をイナカモンというのよ**」と言っていた。

東京からやってきた、いわゆるよそ者である白洲一家は、地域の農業社会に早く溶け込まなければ仕事にならないし、子供たちも困ってしまうと思ったのだろう、次郎は近所の農家の子供たちに英語を教えたり、庭に紅白の幕を張って手品師を呼んで手品を披露したり、クリスマス・パーティーを開いたりしたようだ。そのかいあったのか、桂子より二、三歳年上の近所の農家の子供たちは、とても親切にしてくれて、犬猫のように暗くなるまで一緒に飛び廻り、子供だけで行ってはいけないと言われていた薬師池まで遠征したり、かくれんぼしたりして遊んでくれたそうだ。

その頃桂子が母親になぜこっちに引っ越してきたのかと訊《き》くと、蛍さんに会えるからとか、鳥さんや虫さんの音楽を聴けるからとか言っていたようだが、娘の成長に合わせてその理由も変化した。朝に夕に表情を変える自然現象の豊かさ、などという答えもそのうちに要素に加わったそうで、正子は、春の朝などは東の空を見ながら「**春は曙《あけぼの》、ようよう白くなり行く山際《やまぎわ》少しあかりて……**」などとつぶやいていたという。

戦争を逃れてきて、不便な農村生活のなか、食糧難で苦労しても、着物と食糧の交換に行くことさえも、白洲一家は楽しみに変えて過ごしていたようだ。

その鶴川村に暮らし始めた白洲一家は、まわりの目にはどのように映っていたのだろうか。

ご近所で現在は農家の傍らガソリンスタンドを経営し、我々夫婦も入会して楽しませてもらったテニスクラブの経営者、洋チャンこと石川洋一郎さんは、たまたま私と同い年で、ずっとお付き合いがある。おなじくお隣のヤッチャンこと森康男さんも集まって当時のこととなると、もう話が尽きない。

子供だった彼らにとって、当時の白洲一家の日常はすべて別世界の出来事だったという。とくに終戦から終戦後の何年間かは、強烈なカルチャーショックを受けたそうだ。

次郎は何かにつけ子供たちを家に呼んだ。十歳ほど年長のお兄さんである、長男春正はトランプを教えてくれたり、ポパイの漫画を描いてくれたり、ずいぶん面倒を見てくれたという。ココアや真っ白いパンを初めて食べたのも白洲屋敷だし、アメリカの軍人がクリスマスに食べるようにと七面鳥を生きたままみやげに持ってきたが、家に持ち帰っても誰も食べないので殖えてしまい、その辺を飛び回っていたとか。また、初めて西洋人が挨拶《あいさつ》のためにハグしてチューするのを見て、腰が抜けるほど驚いたそうだ。まったく別世界の桃源郷だったのだ。大柄な次郎の服装やあの異相から、最初は洋チャンの親父さんなんか、あれは絶対日本人じゃない、と言っていたそうである。

私は、結婚しても以前のとおり次郎のことを「おじ様」と呼んでいたが、何かの拍子に桂子と同じように「パパ」と呼んでしまい、白洲もそれに「ン？」と応《こた》えたので、それからパパになってしまった。桂子はいちいち「次郎さんはあなたのパパではないでしょ」と文句を言うが、洋チャンたちも次郎のことを何と呼んでいいのか分からず、

昔日の武相荘

子供たちに倣《なら》って、最初からずっとパパ、ママと言い続けている。私の場合と同じことなのに、付き合いの歴史の長さの故《ゆえ》か、これには桂子は全く異論を挟まない。

次郎もガソリンスタンドで給油するときなど、「洋チャンにパパなんて呼びかけられると、隠し子が突然現われたみたいで変な気がする」と言い、正子も「道端で中年のオジサンに急にママなどといわれてびっくりするけれど、涙が出るほど嬉しい」と話していた。

洋チャンが当時のことを綴った短文を、十年ほど前の能ヶ谷町町内会報誌に寄せている。白洲一家の暮らしぶりがよく分かるので、ここでいくつか抜粋を紹介させていただく。

〈白洲さんの子供部屋

素朴な自然が豊かなこの地は、都会に近いこともあり、軍人、文士、政治家達に好まれた。白洲次郎といわれる方が、戦時中の昭和十八年頃、旧家を譲り受け住まわれた。その仲介を私の祖父が面倒をみたようである。

戦後の混乱期、米英とわたり合い、日本の針路を誤りのないように方向づけた方だと父から何度も聞いたことがある。子供心にえらい人なんだと思ってはいたが、真実がわかったのは、十代の終わり頃である。

当時、白洲さんの子供達と、村のハナたらしの私どもと同い年くらいのこともあり、よく遊び、白洲さんも快く受け入れて、村の子供達の溜《た》まり場となっていた。そこは、母屋《おもや》の並びの洋風の、ガラス窓の明るい子供部屋であった。薄暗い農家の部屋とは、天と地との違いであった。この別天地での白洲さん夫妻との思い出は深く心にある。

〝パパ〟〝ママ〟と呼び、「又、ハナをたらしている」と、柔らかいティッシュペーパーでハナをかまされた感触は忘れられない。当時のハナ紙は、新聞紙を八つ切りにしたものであった。（二〇〇一年十月）〉

〈ファーブル昆虫記
白洲さんの子供部屋の本棚に立派に装丁された全集ものがあった。中央に鎮座しよく目立った。その回りに雑多な本が散らばっていた。
ある時、一冊を抜き取り、カバーを外し本を開いた。チョウやクワガタ、トンボの図鑑で、表題は「ファーブル昆虫記」とあった。あまり面白くない本で、誰も見ようとはしなかった。虫たちは毎日の遊びの中で豊富にあったからだと思う。
ライフという英語で書かれた雑誌が散らばっていた。ピカピカ光るグラビアの写真が人気であった。アメリカの立派な家、車、鮮やかな色刷りの広告があり、食い気が一番の子供達はケーキや果物、真っ白な食パンがあると競い合って紙面に手を伸ばし、「これが食べたい」「あれが食べたい」と叫び、大騒ぎしていたことがある。ふと振り返ると、パパ（白洲さん）が悲しげな瞳《ひとみ》で私たち悪ガキを見詰めていた。今でもハッとするほど悲しい真顔であった。

ファーブルの心は、子供達には通じなかった。〈二〇〇一年十一月〉

戦時中から戦後にかけて、白洲の家には、東京の空襲で焼け出された河上徹太郎さんご夫妻が寄宿されていた。

正子の『鶴川日記』にも書いてあるとおり、昭和二十年の春、五反田の空襲を聞いた次郎がおにぎりを作ってその夜のうちに河上夫妻を迎えに行き、よれよれになって鶴川にたどり着いたのは、翌日の暗くなってからだった。

それから二年ばかりの間、ご夫妻は白洲の家に同居することになる。正子が「**テッツァンたち、もう何年も居るけど、いつまで居そうろうするつもりかしら**」というほど、河上さんは鶴川の白洲邸を気に入られていたそうだ。その頃の河上さんのことを、洋チャンも書いている。

LIFE や VOGUE などの雑誌は洋チャンが見た頃のまま残されている

〈グランドピアノ

ある晴れた日、大きなトラックに積まれてきたグランドピアノが、白洲さんの長い常口《じょうぐち》へ村人の手伝いでワッショイワッショイと担《かつ》ぎ上げられた。当時小学校はオルガンの時代であった。

やせぎすの冴《さ》えないおじさんが、そのピアノを上手に弾き始めた。指先がどうしてあんなに器用に動くのかと見とれていたことがある。

その人は、秋も深まると痩《や》せた体軀《たいく》に重そうな猟銃を担いで、白ブチのポインターという犬を連れて林に入って行く。格好はまあまあ一人前に見えたが何か頼りない。どう見ても猟をしようという気はなさそうに見えた。その人が腰にエモノをぶら下げた姿は見たことがなかった。穏やかな表情で、人懐《なつ》っこくニヤニヤ笑っているが、何か人を寄せ付けない憂《うれ》いを感じさせる人であった。

私の父が「あの人は何で食べているのかなあ」と言うのをよく耳にしていたので、庭先で犬をあやしている時、一度訊《たず》ねてみた。「よー、おじさんよー、おじさんは何で食べているんだよー。」相変わらずニヤニヤ笑うだけであった。

二両編成の最終電車が、暗い鶴川駅ホームに泥酔《でいすい》した二人の男をころげ出した。当時としては事件であった。静かな村人の風評は芳《かんば》しくなかった。後年、河上徹太郎、小林秀雄等が、白洲邸で夜もすがら酒を酌《く》み交わしていたことを知った。敗戦から間もない頃、彼等の悩みは尽きず、多摩の雑木林が心のよりどころであり、子供達のおおらかさが救いであったかと思う。〈二〇〇一年十二月〉

それから、こんなこともあったようだ。

〈ジーパンと白洲さん

ジーパン姿の白洲さん夫妻をよく見かけた。その着こなしがよく似合っていた。当時の農家の服装は、モモヒキ、ハンテン、キャハンに地下タビ姿でカマを携え、クワを担ぐと一人前の農民であった。ひたいに幾本も皺《しわ》を寄せ、白ゴマのひげをはやし、手拭《てぬぐ》いで頬かぶりして、キセルをくゆらし、道端で幾人かの村人がたむろする風景は農村そのものの姿であった。その中にジーパン姿の白洲さんが混じると様にならない。

静かな田園を愛し、その中にとけ込もうと努力した白洲さん夫妻であった。村人もこれに応えようとしていた。田んぼの畦《あぜ》で村人と談笑していたあるとき、黒カバンにネクタイ姿のいかめしい方が白洲さんへの道を尋ねた。「すぐそこですよ。」と教えた。かたわらの白洲さんが「なんの用かね？」と声を掛けた。男達は無言で立ち去った。しばらくして、お手伝いさんがその方たちを案内してきた。

昭和二十七年、講和会議に出席の為《ため》、立川飛行場から当時の吉田首相全権大使一行がサンフランシスコに向かった。その折、（白洲さんは）鶴川の自宅上空を通って飛行機を旋回させるからと冗談交じりに話したそうである。当日、父からその話を聞いたので庭先で口を開けて空を見ていた。双発の輸送機が、たしか回って飛び去った。

吉田全権大使は羽織袴《はかま》姿で、白洲さんはジーパン姿で尻《しり》のポケットにウイスキーの小ビンをねじ込んで機上の人となったそうである。

それもよく似合っていたと思う。（二〇〇二年六月）〉

少し付け加えると、「ジーパンと白洲さん」の文中に出てくる黒カバンの一行は、政府の役人で、白洲の田んぼを含む一帯を買収して下水処理場にするための交渉に来たのだった。相手が相手だからと、相当偉い人が気負い込んで乗り込んできたようで、道を尋ねたときに居合わせた変な格好をした百姓（じつは白洲）には説明の必要なし、と、無視したのだった。無論のこと交渉は失敗に終わった。当時買収の対象となっていた場所に住んでおられた住民のお一人に最近聞いた話である。あのとき白洲さんが追い返してくれたと、みんなでとても感謝したそうだ。

屋根替えのこと
――「私の生きているうちは茅葺きにして頂戴《ちょうだい》」

昭和十七年四月、東京に艦載機による初空襲があり、白洲たちは危険を感じ、予定を早めて引っ越してきた。まだ屋根の茅葺きも始まっていなかったので、納屋《なや》に住みながら、普請《ふしん》の大仕事をつぶさに見ることができた。その様子を正子は『鶴川日記』に記している。寒中に刈っておいた茅を積み上げ、家の周りに足場を組んで、垂木《たるき》と棟を残して屋根を丸はだかにする。近所に住む屋根職人の棟梁《とうりょう》の指揮の下、おなじく近在のお百姓さんがチームを組んで葺替えを行なうのだ。チームを組んで手伝ってくれたのは、七軒の「組」の人たちである。

「組」は冠婚葬祭を取り仕切り、お互いに助け合う。この葺替えのときも、よそ者の白洲を仲間の一員として扱ってくださって、お金もあまりかからずにできたようだ。

その後何回か屋根替えをしたが、普請好きの次郎も、当然のように丸太の足場に乗っかり、作業に参加していたそうだ。

次郎が亡《な》くなった後、直《す》ぐに屋根替えの時機が来た。見積もりを取ったところ、ン千万円かかることが分かり、子供たちが茅は諦《あきら》めて瓦《かわら》葺きにしようと話していたところ、正子が憤然として「**私の生きているうちは茅葺きにして頂戴**」と言い切った。その勢いに飲まれ、茅葺きの立派な屋根ができ上がったという次第。

もっともこのときは、周辺にも茅葺き屋根の家は数軒しか残っておらず、前回の棟梁はすでに高齢で屋根には上がれず、近所にあった茅場も荒れ放題で材料にならず、時代の流れで近所にも手のあるお百姓さんなどおらず……。正子の愛した近江《おうみ》から職人さんを招《よ》んで、琵琶《びわ》湖の茅を使って完成させたので、お金もかかるわけである。

それから二十年の歳月を経て、武相荘の屋根も傷《いた》みがはげしくなった。公開（二〇〇一年〜）している以上、葺き替えねばならないが、えらいことだと思案していると き、桂子の幼馴染《おさななじ》みから、ちょうど横須賀《よこすか》の別荘で葺替えをやっているが、とても気持ちのいい若者集団が普請しているので観《み》に来ないか、とお誘いを受けた。飛んでいったところ、京都は美山《みやま》の茅葺き職人である中野誠さんのチームが、手際よく働いているのを目の当たりにした。

中野さんは、茅葺き屋根が集落の八十パーセントを占めて観光名所にもなっている美山の生まれだが、二十代の頃ミュージシャンになりたくてヨーロッパを放浪していたとき、外国の美しい茅葺き屋根を見て、それまで馬鹿《ばか》にしていた故郷の暮らしを見直す機会を得た。知り合いになったイギリス人に「お前はなぜ日本の美しい文化を捨ててこんなところにいるんだ。直ぐ帰って職人の修業をしたらどうだ」と説教され、目が覚めて弟子入りし、年季が明けて晴れて親方となった。今では、大学で建築を学んでこの道に飛び込んできた弟子たちも抱える。全国に茅葺きの親方と名乗れる職人は八十名ほどで、そのトップリーダーの一人として活躍している。

とても興味があったので、紅葉の時期に美山を訪ねてみた。そこには美しい日本の原風景ともいえる景観が広がっていた。中野さんによると、歴史的に日本の家屋は、冬は厚着や火を燃やすことで暖を取れるが、地方によっては夏の高温多湿をどう耐え忍ぶかが実は大きな問題なのだという。そこで藁《わら》、葦《あし》などの茅が、比較的近場で大量に確保でき、水気に強く通気性に富み、断熱効果や防音効果も高く、なにより見た目にも美しいので、葺替えの材料として普及した。それに加え、葺替えは農作業と一緒で、共同作業によって団結力も増すわけで、外敵から村を守るのにも役立ったそうだ。

中野さんたちは、宇治川の河川敷に群生する長さ四メートルもある太い葦を主材に、比較的細くて背の低い北上川の葦を混ぜて使っている。密度に変化をもたせることで、通気や雨水の流れが変わり、屋根としての耐用年数が延びるのだという。また、毎年刈り込むことで繊維を強くするという研究も重ねている。彼らは、日本の伝統文化といえる茅葺き屋根を世界に普及させるという夢を持っているのだ。

囲炉裏端で熱く語ってくれた若者たちのキラキラした眼差《まなざ》しを見て、酒を飲みながら、正子ともそんな話をして欲しかったな、と心から思った。

こうして、正子がここに引っ越してきて初めて体験した屋根替えという大事業に、六十数年後に私たちも立ち会うことができた。もろもろの条件は隔世の感があるが、正子が『鶴川日記』に書いたのと全く同じように、茅の束の受渡しや縄の結び方、鋏《はさみ》の入れ方にいたるまで一定の規則があり、棟梁の指図の下、一糸乱れず運ばれる。ただ、あれよあれよと見とれるばかりであった。

全部葺き終えるのに、六十年前の倍以上の二か月を要した。いよいよ仕上げの刈込みが終わると、最後に中野さんが屋根のてっぺんに登って、東の棟の突端に「寿」の字を、西には「水」と切り込む。火除《よ》けのためのお呪《まじな》いである。そこで普請は完了するのだ。上棟式には美山のお寺のお坊様に来ていただき、参列者が焼香した後、親方が屋根に上って東西に酒を注ぐ。その後みなで屋根の上で酒盛りとなった。

近頃は飼いきれなくなって多摩川に捨てられたピラニアが繁殖し、人間様にも危害を加え始めたとか、ブラックバスが琵琶湖のフナを駆逐して生態系が乱れたとかのニュースを見聞きする。観光地に出没する猿、熊《くま》、鹿《しか》、猪《いのしし》なども珍しくなくなり、異常気象など人間と自然の関係も変わってきた。白洲たちが暮らした武相荘もご多分にもれず、昔から見かけた狸《たぬき》のほかに、ハクビシンが天井裏に棲《す》みつくなど、七面鳥云々《うんぬん》の騒ぎどころではない。私が引っ越してきた、たった四十年ほど前の夏の夜はうるさくて眠れないほど田んぼで鳴いていた蛙《かえる》の声も、今では聞こえなくなった。ちょっと前まではのどかであった農村も、東京のベッドタウンとして市街化が進んでいる。まだ辛うじて夏の盆踊りや、さいの神と呼ばれる正月のどんど焼き、お囃子《はやし》などの伝統行事が、農家や商店街、自治町内会の努力によって継承されているのは救いだ。

どうにか維持している敷地の庭には、山百合《やまゆり》、金蘭《きんらん》、銀蘭が自生し、小さな池にカルガモが遊びに来る。コジュケイのオスがけたたましく雄叫《おたけ》びを上げ、目覚まし代わりを務めてくれ、たまには山鳥が雛《ひな》を連れて散歩をしているのも見かける。

白洲たちはこの鶴川の家が大好きだった。小高い丘の上にある武相荘は、細い農道の突き当たりにある農家だったので、元々門などなく開放的な造りだった。だが四十年ほど前、近隣が少しずつ住宅地として開発されて家の入口が判りにくくなったため、適当な門を探した。ある骨董《こっとう》屋さんが案内してくれたのが、芝高輪の泉岳寺まん前の

2006年12月から翌年１月に行なわれた
茅葺き屋根の葺替え工事

年内仕事納めの日

棟の東端に「寿」

屋敷で、次郎も正子もその門をとても気に入って、移築することになった。

昭和七〜八年に建てられた米松材のしっかりした引き戸式で、いまや築八十年、落ち着いた雰囲気をかもし出している。最近ひょんなことから、この門の最初の持ち主が、よくお会いする私の学校の大先輩の父上であったことが分かってびっくりした。

移築後、武相荘を訪れる編集者や文学者、アーティスト、骨董商などの方々は、「さあこれから白洲正子に会うのだ、という緊張感をもってこの門を潜《くぐ》りました」と言っておられる。この門は、正子ワールドの一種の結界の役割を果たしていたようだ。

武相荘を公開してから早や十年以上、来場者から「思ったより質素な暮らしぶり」「懐かしい気分に成った」「気持ちが落ち着く」「古いものを大切にしようと思った」「失われていく日本の美しい原風景を見た」「明日から、又頑張ろうと思った」など、過分なる感想を寄せていただいている。ちょっと変わった経歴の夫婦が、古い民家を長い時間をかけて住みやすい空間に仕上げ、楽しく暮らしていた様子を、失われつつある日本の生活文化として保持し、自然の保護に少しでも役に立てば、と思っている。

二　スポーツマンシップ

ゴルフクラブライフ　1

――「自分で掘った穴は自分で埋めろ」

「いつまで狙《ねら》ってるんだ！　そんな所からいくら狙ったって入りゃしねえよ、早く打て！」

軽井沢ゴルフ倶楽部《くらぶ》で顔見知りのガキになって九年、一人娘のあまり気に入らない亭主になって二十年。その間にたった一回だけ、一緒にゴルフをプレーしたときの白洲の言葉である。

ゴルフにあまり熱心でなかった私は、それでも大学三年のときに軽井沢ゴルフ倶楽部でオフィシャルハンディキャップ18を取っていた。ある日、白洲が知り合いの松平忠晃さん（埼玉銀行元会長。なぜか白洲の家では「電話の松平さん」とお呼びしていた）から程ヶ谷カントリー倶楽部でゴルフをしないかとお誘いを受けた。ご自分は息子を連れて行くので、白洲さんも息子さんでもどうぞ、とのことであったが、あいにく白洲の二人の息子たちは全くゴルフをしないので、「君行くか」と初めて誘われた。それまでは軽井沢で何回も桂子とゴルフを楽しんではいたが、なんとなく気が重くて白洲とプレーする機会がなかった。

いまから三十年以上前だが、珍しく白洲が「週刊現代」にゴルフに関するエッセイを寄せている。ここに彼のゴルフに対する姿勢とクラブライフに関する考え方が出ているので、転載させていただく。

〈酒の味をよくするゴルフ

大沢商会会長　白洲次郎

私は明治三十五年の生まれだが、十四、五歳のときに三ヵ月くらいゴルフをやったことがある。ケンブリッジ大学にいたときはやらなかった。その頃、ゴルフをやるのはモテない人ときまっていた。一人でも出来るから。

熱心にやりだしたのは日本に帰ってからの二十八、九歳のときからである。冬はいつも山スキーに行っていた。春になるとやることがなく、ゴルフをした。そろそろゴルフ屋というのがはびこりだした頃である。それはゴルフを至上のことと考えているような人たちである。いま人々はコンペを主に考えているが、これはその時分のゴルフ屋の流れである。

だいたいゴルフの上手な人が偉いと思っている人が多い。クラブなので上手下手は関係ないことである。若い時分に上手になり、天狗《てんぐ》になって社会に出てダメになった人も多い。個人ゲームなので独善的になりやすく、人の反感を買うことになる。

また、スコアばかり気にする人もいる。私などは如何《いか》にその夜の酒の味をよくするか、ということでやっている。

出光《いでみつ》興産店主の出光佐三《さぞう》さんは九十三歳になられるが、スコアにこだわることなく、本当のゴルフをやっておられる。年寄りで人に迷惑かけてはいけないと、人のいないときに軽井沢GCで五、六ホールまわられる。

日本人ほど外国で評判の悪いのはいない。これは行儀が悪いのとプレーが遅いのが原因である。一度まわって五時間という人が多い。国際的標準では四人でまわって三時間半くらいである。有名な人に遅いのが多いのは、まわりが注意しないせいである。軽井沢では私がうるさいと評判をとっている。軽井沢ではタバコの吸い殻を捨てる人はいない。ゴルフ人口がふえればふえるほどエチケットをよくしなければならない。

よくご一緒するのは牛場友彦《ともひこ》さん（牛場信彦《のぶひこ》氏の兄）。ずいぶん前に横山隆一さんとまわった。軽井沢の十五番で左の松林の中に入れてしまい、出そうとして24〜25叩《たた》いたとかいっていた。この人はスポーツの精神を知っていると思った。〉

（「週刊現代」一九七九年五月三十一日号）

また、読売新聞の「随想」欄にも「ゴルフ狂時代」と題したこんな文章を書いている。

〈このごろのゴルフの流行は、ほとんどきちがいざたに近いように思われる。東京近郊のゴルフ場は一週七日間どこも、こゝも大入満員で国技館ならさしずめ「満員御礼」の札を出しっぱなしにしておいても好いくらいのものだ。どうして戦後こんなにゴルフがはやってきたのかわからない。流行の原因なんて考えるヤツがバカかも知れないが、このゴルフの流行は、人によってはお客様の接待は待合より安上がりでもっと効果的だからだとまで極言するのもある。そう思われる節もないではない。どこのゴルフ場も社用族の自動車で一杯である。官庁用の自動車もよく見かける。待合より好いとなると、よぶ方もよばれる方もゴルフをやるにあらずんば、この御接待の恩恵に浴せないわけだからどいつもこいつもゴルフをやる。至極もっともらしい説明である。ゴルフが御接待の道具に使われているためかどうか知らないが、昨日ゴルフを始めて、今日はゴルフ場を回るのだというような、勇敢な、しかしみんなの迷惑なゴルファーの多いのには驚く。どうせ待合に行くのには、待合に行く相当の練習なんていらないのだから、昨日の今日でも不思議はない。

またゴルフ場における紳士（？）諸氏の行儀の悪いのはもうとっくに笑い話の域を出ている。食堂のテーブルの上に帽子をおこうが、ティグラウンドに煙草《たばこ》の吸がらを捨てようが、ところ構わず立小便をしようが、一回りするのに四時間もかゝろうが、何をしようが一向お構いなしの振舞は、知らぬが仏かもしれぬが、ちょっと常識では考えられない行動である。

ゴルファーの行儀の悪いのは、何とかしてもらいたいものだと始終思っているが、一つの方法は各クラブの幹部が、つまらない評判など気にせずに、もっと積極的に是正に乗出すのが好いのではないかと思う。行儀の悪い人がおれば、みんなが不愉快になり、クラブは家庭の延長だという建前上、クラブの幹部は不心得者に注意するのが幹部の義務ではないだろうか。しかしこのごろのクラブの幹部にこんなことを期待するのはどだい無理かも知れぬ。最近こんな話を聞いた。先日行われた倶楽部対抗競技に出場した選手諸君に、ユニホームという意味であろうが（ゴルフのユニホームなんておかしな話だが）おそろいのシャツだとか、ズボンだとかを、クラブの費用で供与したクラブがいくつかあったそうだ。学校の運動選手は学校からユニホームをくれる。

おれ等もクラブの選手だからクラブからユニホームをもらうのは当り前だという子供みたいな考えかも知れぬ。

また慰労会だとか祝賀会だとか称して、クラブの金でメシを食ったのもあるそうだ。社用族精神も遂《つい》にゴルフクラブまで侵入したらしい。もっと徹底して来年は選手諸君に道具一式ぐらい買ってくれるだろう！

ゴルフ場は待合の代用品と考えた方が八方、天下太平かも知れぬ。〉

（読売新聞　一九五六年六月十八日付夕刊）

白洲は二十八歳ぐらいからゴルフを始め、晩年はクラブの運営に力を注いだ。プレーにはそれほど熱心ではなかったが、それでもピーク時には結構熱中してやっていたようで、普段使っていたキャディーバッグの中から、プレー中のチェック項目を書いた手垢《てあか》のついた木の札が出てきた。そこにはマジックで、「①**UPはゆっくり。**②**TOPでとめろ。**③**左肩をあごの下まで。**④**右足で突っぱれ。**⑤**左腰を真っすぐ後ろに。**⑥**TOPで力をぬけ。**」と、お守りのように書いてあった。

ハンディキャップは7か8をキープしていた。ゴルファーとしての押さえができた上での言動には、たしかに説得力があった。

昔は結構ちゃんとしたゴルフ場でも、コースにたくさん吸殻が落ちていたが、白洲がこれ見よがしに拾いまくり、「**自分の庭にごみを捨てるバカが何処《どこ》にいる！**」と怒鳴っていたせいで、軽井沢のコースから吸殻は消えた。私の父は日本のゴルフ場から吸殻が消えたのは、白洲さんのお蔭《かげ》だと言っていた。

日本経済の高度成長に伴い、ゴルフも大衆化が始まった。私がヤナセに就職した一九六一年はちょうどサラリーマンの間でゴルフが一種のブームとなり、課長、部長以上が目の色変えて始めた頃だった。私も入社時の身上書に、趣味ゴルフ、ハンディキャップ　オフィシャル18と書いたところ、間違って大げさに伝わってしまい、今年の新入社員にシングルプレーヤーがいると評判になって、どいつだ、とばかりわざわざ見に来る人もいたぐらいだった。今ではシングルなど珍しくもないだろうが、そういう時代だったのである。

接待ゴルフも盛んになって、中小企業のオーナーである私の縁戚《えんせき》の一人も接待づけでゴルフ三昧《ざんまい》だった。ところが、パットの「ＯＫ」を出してもらうと、それはサービスで入ったことにしてくれたと思っていたようで、なんと次の一打をカウントせずにスコアを申告していたとか。接待する側としてはお客には言い辛《づら》かったようで、ようやく何回目かに教わったという、笑えない話も現実にあった。そういう時代だ。

私がゴルフを始めた頃は、父は早く打て、としか言わなかったが、ゴルフの大衆化が始まるとプロのトーナメントのテレビ中継の影響か、アマチュアの間でもスロープレーの人が増えた。プロは生活がかかって1ストローク何千万円、こちらアマチュアは1打昼飯程度（?）なのに。みんなが迷惑するようになった。

白洲は、「**人に迷惑をかけないのがエチケットの第一歩。日本人は都会ではせかせか歩いているのに、ゴルフ場に来るとどうしてあんなにノロノロしているのかね**」と不思議がっていた。プレーを早くさせる啓蒙《けいもう》運動のために「Play Fast」と書いた軽井沢ゴルフ倶楽部のTシャツを売るからおまえ作れ、と言われたので、二人で相談し、白洲がいろんな書体で紙に書き、デザインを決めた。私は「Jiro Shirasu」と自筆のサインを入れたほうが商品価値が上がると思って入れてもらい、よしこれでいこう、となった時のこと。当時三つか四つだったわが息子がチョコチョコとやってきて、「そんなところにおじいちゃまの名前が書いてあるなんておかしいよ」と抜かした。白洲は「**お前は良いことを言うね。さすがはおじいちゃまの孫だ。みっともないからサインは止《や》めよう。さあ、おこづかいやろう**」となってしまった。サインのない商品価値の低いTシャツができ上がったので、西武百貨店は追加注文を受け損なってしまったのであった。

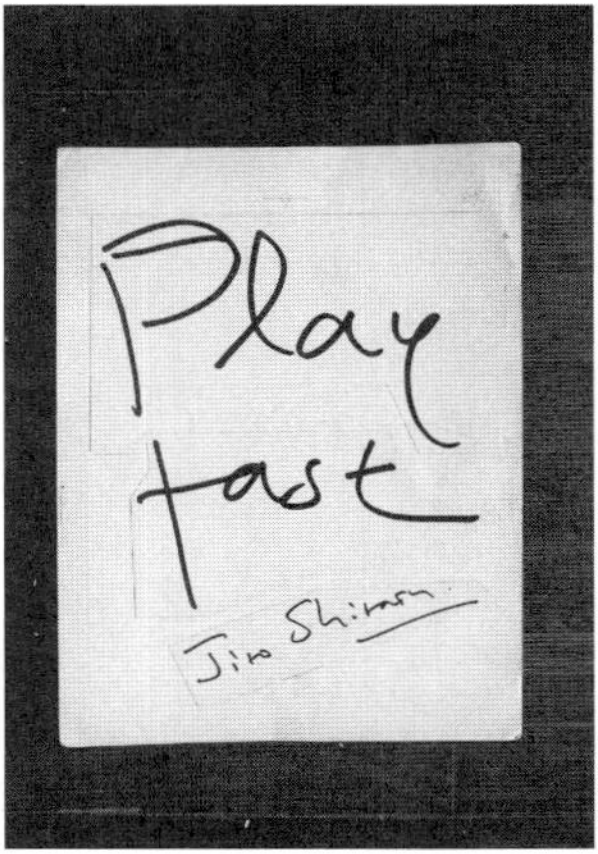

上左／次郎自筆「PLAY FAST」の軽井沢ゴルフ倶楽部Tシャツ
上右／サインを入れて作った版下

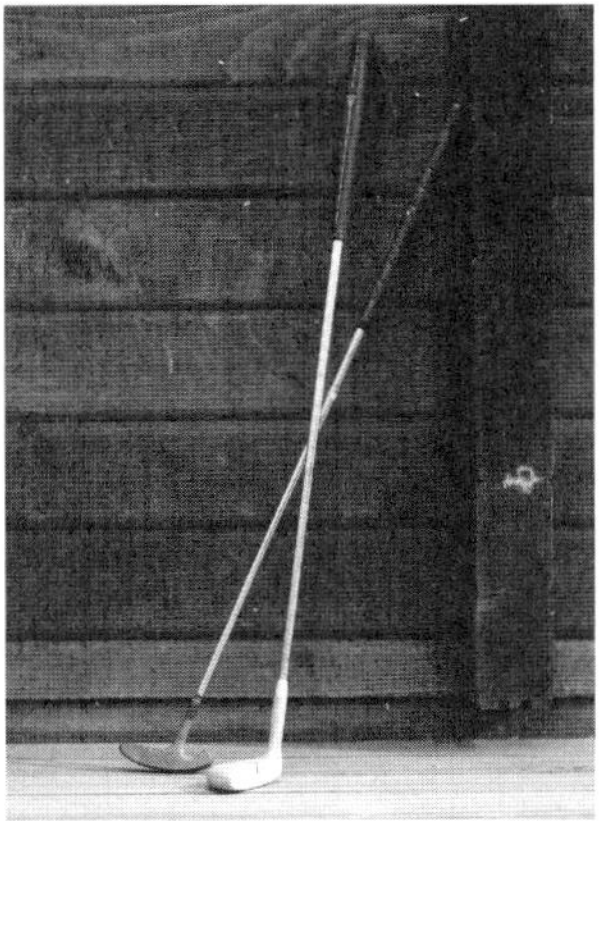

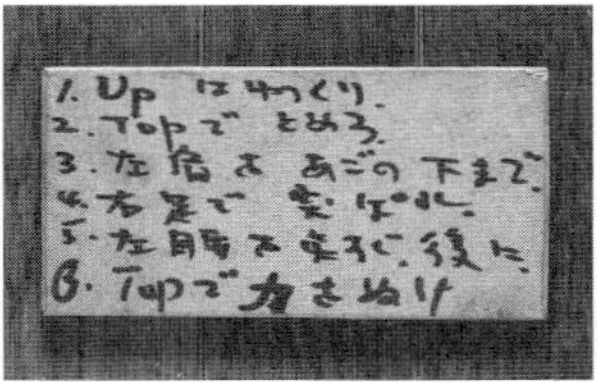

上／次郎がスイングのチェックポイントを書いた木札
左／筆者が次郎から譲り受けたパター

白洲は自分があまりゴルフをしなくなっても、クラブライフは大切にし、メンバーとその家族が夏の一時をいかに楽しく過ごせるかをテーマとして尽力していた。最高のコンディションにするために、五、六月はなるべくビジターを入れずレギュラーティーグランドも使わせない、という徹底ぶりだった。

イギリス流のカントリークラブに近づける努力を惜しまなかったので、メンバーの言動やコースなどの施設の状態などにとても注意をはらっていた。

その結果、**「若いやつは偉そうにキャディーを従えて回るな」「セルフバッグで回れ」「きたねえ帽子をテーブルの上に置くな」「クラブハウスの中ではサングラスをとれ」「ティーグランドの上では素振りはするな」「自分で掘った穴は自分で埋めろ」「ゴルフが少し上手**《うま》**いからと偉そうな顔するな」**等々、たいていの方は、一回ぐらいは何らかの小言を言われたと思う。

ただありがたいことに、皆さん、白洲に怒られたとか怒鳴られたとかの話になると、なぜかとても懐《なつ》かしそうに、嬉《うれ》しそうに言われる。それがここのクラブのメンバーとして認められるための、イニシエーションでもあったのかもしれない。

これは、父から聞いた話であるが、たまたま次郎も私の父もメンバーであった相模カンツリー倶楽部での出来事である。

ある日、当時一流のベテラン専属プロがスタートホールのほうへ歩いていくと、ちょうど上がってきた白洲とすれ違うことになってしまった。プロは、ああいけねえ、何か言わなければ、と思い、「白洲さん調子はどうですか?」とつい聞いてしまったところ、**「君にそんなこと報告する義務はない」**と言われてしまったそうだ。そのプロも相手が相手だから、もうちょっと気の利《き》いたことを言えばよかったけど、参りましたよ、と苦笑まじりにこぼしていたそうだ。

私の父はゴルフが大好きで私などよりだいぶうまく、ハンディキャップ10までいった。バスケットボールの教科書の出版や母校である早稲田《わせだ》大学の監督、オリンピックの監督もしたので、教え方の専門家を自負し、教え魔として前述のベテランプロにまでアドバイスしていた。それを見た白洲は、**「君の親父《おやじ》は人に教えるほどゴルフうまくないじゃないか」**と盛んに言っていた。

ゴルフクラブライフ　2

――「妾《めかけ》と本妻とどっちが金がかかるかも分からねえのか」

軽井沢ゴルフ倶楽部では、白洲についてさまざまな話を聞いたり目撃したりした。アトランダムだが、いくつかご披露する。

皇族のお一人が手続きを踏んでビジターとして友人のメンバーとプレーされ、お帰りになる時のこと。支配人が白洲のところへ飛んできて「あのお、お代金は普通に頂《ちょう》戴《だい》していいのでしょうか?」とおずおず聞くと、「**当たりまえだ、バカなことをいちいち訊《き》きに来るな**」と怒鳴った。

毎夏恒例、白洲自身も参加して何度も優勝していた、大手出版社主催の文士中心のプライベートコンペティションが開催された折のこと。ワンラウンドの競技が終わってもまだ明るかったので、主催会社の社長さん以下数人でもうハーフラウンドしようということになった。一番ホールから何人かが打ち終えたところ、ベランダから白洲が「**申し訳ないが今日はビジターだけでは回れないんだ**」と声をかけた。なるほど、それでは仕方がないと諦《あきら》め、キャディーに「悪いけど打ったボール拾ってきて」といった途端、白洲が「**自分で打ったボールは自分で拾って来い！**」と怒鳴ったそうだ。

佐藤栄作さんが首相当時のこと、知り合いの方が新入会員として申し込みされるにあたって推薦人になっておられるのを、白洲が書類上で見つけた。白洲は「**一国の総理はそういうことはしない方がよい**」とたしなめた。

田中角栄さんは、入会してすぐの夏の日曜日に、確かアメリカ大使と回りたいと言ってこられた。クラブ側が、当クラブは今の時期、週末はビジターをお受けできません、とお断りしたら、「でも総理がたってのお願いと言っておりますが」と秘書官が食い下がってきた。困った支配人が白洲に伝えると、白洲は「**それなら当クラブの規則を変えなければなりません、理事会を招集して決議が必要なのでそれまでお待ち下さい、と言いなさい**」と返した。

これを皆さんは、さすがだ、すごい、と言われるかもしれないが、当人としては至極当たり前のことを、ちょっと意地悪く言っているにすぎない。プリンシプル（原則）を貫いていて中々痛快なことではある。だが一方で、例外管理を行なっていることだってあるにはあった。それは外から見るといやらしく、スノッブで鼻持ちならないことだが、エクスクルーシブ（排他的）なクラブの会員にとっては、居心地の良いことにつながっていたのだから、仕方がない。

それに、白洲は怖くてやたら怒鳴り散らす、というイメージがあるらしいが、理不尽なことは決してなかった。

じつは私もひやっとした思い出がある。学生の頃のある夕方、突然のスコールでクラブハウスのベランダのシェードに水がたまって重く垂れ下がっていた。その水をどうやって取り除くか、白洲と数人が思案しているところに通りかかった私は、こんなの簡単、とばかり、竹箒《たけぼうき》を持ってきて下から突いたところ、ほとんどの水が窓から部屋の中へ入って水浸しになってしまった。周りの人は、ああ牧山君はどんなに白洲さんに叱《しか》られるかと哀れみの目で見つめるし、私は、ああこれでクラブを除名になるかも、と覚悟したが、白洲は「**頭が悪いねえ**」とだけ言って消えていったのである。

さて、角栄さんといえば、当時週刊誌に載った逸話もあった。田中総理はせっかちで汗っかきなので、腰に手ぬぐいをぶら下げてプレーをされるのを常としておられた。それを記者が見咎《みとが》めて、白洲に「あれは一国の総理としてみっともないし、マナー違反ではないでしょうか?」と問いかけた。白洲は「**別にかまわんよ。ただね、クラブの備え付けのタオルをぶら下げたまま帰っちゃうのが困るんだ**」と切り返していたそうだが、実際は、みっともないから止めさせろと、そっと秘書に伝えていた。

ティーグランド脇に置いた次郎愛用のゴルフセット
軽井沢ゴルフ倶楽部の1番ホールを望む

中曽根《なかそね》康弘《やすひろ》さんもメンバーで、よくプレーを楽しんでおられた。現職の総理の時、警護の都合上、護衛官を同道させたいとクラブ側に依頼がきたが、プレーをしない人の入場は認めていないので断った。仕方がないので、護衛のSPはコースの外の道路から双眼鏡で見張っていた。それを見た白洲は、風見鶏《かざみどり》という仇名《あだな》のあった中曽根さんに引っ掛けて、「**これぞ、ホントのバードウォッチング**」と悦に入っていたという。後で確かめたところ、「**俺が一国の総理に、そんな失礼なことを言うはずがないじゃないか**」などととぼけていた。

東京ゴルフ倶楽部や軽井沢ゴルフ倶楽部の創立にかかわった旧相馬《そうま》藩第三十二代当主の相馬恵胤《やすたね》氏が、戦後まもないある日、まさに一番をティーオフしようとしたとき支配人が飛んできて「ちょっとお待ちください」と言う。なぜだと聞くと、「今進駐軍の将校がスタートするのでその後にしてください」と言われ、「何！　こんなクラブになんか居られるか、退会届をもってこい」と言って書類にサインをして帰ってしまわれた。相馬氏はその後二度とゴルフをされなかったそうだ。

その話を聞いた白洲は「**ああいう男を辞めさせるわけにはいかん。おい太賀吉（麻生太賀吉氏）、代わりに年会費払っとけ**」と言った。麻生さんも麻生さんで、何年も黙って払い続けた。その後、相馬氏の子息で第三十三代当主和胤《かずたね》氏（現軽井沢ゴルフ倶楽部理事長）が入会したくて父上に相談したら「あんなとこ、下らんからやめとけ。俺はとっくに辞めた」と言われたのだが、やはり申し込んだところ、メンバーの子弟は優先的に入会できると聞かされて、事の次第が分かったそうだ。のちに和胤氏は麻生さんの長女雪子さんと結婚したのだから、縁を感じざるをえない。

その相馬和胤氏が二十歳ぐらいの頃、ゴルフを終えて友人とクラブのバーカウンターで一杯飲んでいると、聞こえよがしに「あの若造は何だ、あの席は長老が座るところだ」という声が聞こえてきた。学習院時代には乱暴者と評判をとったアメリカ帰りのカウボーイは、意地になって座り続けていた。そこに白洲がやってきて、**「君はヤン公（相馬恵胤氏）の倅《せがれ》だな。君のお袋は最近風呂《ふろ》に入っているか？　君のお袋は小さい頃抱っこしてやったら、俺の腕の中で小便したんだぞ」**と言う。すっかり毒気を抜かれた和胤氏は、白洲にダメ押しされる。「突っ張っていないで、ハイハイと言ってこっちに来い。そうすりゃ長老達も安心するし、俺の顔も立つってもんだ」。和胤氏はあっという間に隅っこに連れて行かれてしまったそうだ。

家に帰って母上（相馬雪香氏、尾崎行雄氏令嬢）に事の顚末《てんまつ》を話すと、母上は「お前バカ言ってでんじゃないわよ。次郎さんにだまされたな。あたしゃジロンべとそんなに年が離れちゃいないよ」と言われたそうだ。

　それから十年後、相馬氏も理事になり、多数のメンバーの声を聞いて、当時常務理事だった白洲に「おじさん、メンバーの人たちが、軽井沢は冬は閉めてしまうから東京のゴルフクラブの半分しかオープンしていないのに、年会費が東京より高いのはおかしいと言っていますよ」と伝えた。すると白洲は「**何も分かっちゃいねえな。その文句を言っているやつに、お前は妾と本妻とどっちが金がかかるかも分からねえのか、と言っとけ**」とのたまったそうである。

　作家の吉川《よしかわ》英治さんの子息、英明君の話も面白い。

　ある日、吉川英治さんがスタートのところで奥様に靴の紐《ひも》を結ばせていた。通りがかりに目撃した白洲が「**吉川さん、あなたは奥さんにそんなことまでさせるんですか**」と冷やかすと、奥さんはすかさず「良いんです、これはあたしが好きでやっているんですから、お構いなく」と返した。白洲は「**変な夫婦**」とつぶやいて立ち去ったそうだ。

　また、英明氏自身は、高校生の頃はテニスを中心にしていたが、大学時代は同期の私のチャランポランゴルフと違って、代表選手として活躍する腕前になっていた。吉川君は白洲に会うたび、「**若いうちはゴルフなんかに熱中するなよ。ここにもほら、**

見てみろ、ゴルフのうまいだけのろくでもないヤツがごろごろいる」と大声で言われたそうで、大変ひやひやしたそうだ。

ある夏、テニス帰りにちょっとゴルフもしたくなった吉川君は、夕方だし白洲さんはもう帰ってしまっただろうから、このままでいいやと、テニスウェアのままスタートした。ところが珍しく遅くまでプレーしていた白洲に出くわしてしまい、しまった、と立ちすくんでいると、すれ違いざま「ずいぶん涼しそうな格好だね」と言われただけで、ほっとしたそうだ。なにせ白洲本人がゴム草履でやって来るくらいであった。ここはサマーリゾートだからTシャツでもかまわんと言い、最低限度の服装のマナーが、Time（時）、Place（場所）、Occasion（場面）、Style（スタイル）に外れていなければ、文句は言わなかった。

白洲はマナーには厳しかったし、クラブの規則にも厳格だった。ある古株のメンバーが食事を終えて、くわえ楊枝《ようじ》のまま立ち上がるや、白洲がその楊枝をパッと取り上げて叱りつけた。それを見ていた吉川君は、「そんなことよほど自分に自信がないとできないだろう？　そのメンバーはその後、あまりクラブへ来なくなったよ。正しいことでも、人目を構わず実行するには、ある種野蛮な腕力ともいうべき資質が必要だろうね。白洲さんには、それがあった」と語ってくれた。

ただ、伝統というものは、しっかりしたコンセンサスをもって継承しないと薄れていくものだ。白洲を記念してクラブの正式競技に白洲カップというのが設定された。数年前に私も参加し、白洲が履いていたゴム草履で出かけたところ、とても顰蹙《ひんしゅく》を買ってしまった。昔は板の間のクラブハウスも、今は立派な絨毯《じゅうたん》が敷かれて、たしかに草履はそぐわないし、私もついやりすぎた、とは思うが、そのユーモアを理解する人が少なくなったのはとても残念なことである。

十数年前までは支配人をはじめボイラーマンにいたるまで、白洲さんがいなくなって寂しいと声をかけてくれる人も多かったが、最近聞いてみると、もう白洲について くれたキャディーは二人しか残っておらず、今の支配人を含めても白洲に会ったことのある従業員は三人しか残っていない。それではいたしかたのないことである。強烈なリーダーがいるときは、多少矛盾があっても、マナーや服装などどこに書いてなくても、なんとなくコンセンサスがあってカスタムになっていたが、時代とともに変形していくのも仕方のないことである。

正子のスイング

次郎のスイング

ゴルフクラブライフ　3

――「あんな素敵な爺《じい》さんたちはもう居なくなってしまった」

白洲はクラブの従業員をとても大切にして、メンバーが気持ちよくプレーできるよう気を配っていた。クローズしている冬でも、気になるとコースに出かけてチェックを怠らなかった。

従業員が病気になれば見舞いの品を届けたり、結婚すると聞けばメンバーに奉加帳を回し、錚々《そうそう》たる名入りの金一封を渡したりした。受け取ったほうはびっくり、感激してくれて、今でも記念にその封筒を大切に取ってあるとか。また、あるベテランのグリーンキーパーが退職するので、コース委員と従業員がクラブ施設の端っこでささやかな送別会をやっていたところへ、突然白洲が一升瓶を抱えて東京から駆けつけたことがあったそうだ。白洲が亡《な》くなったのはちょうどそれから一か月後で、あれは白洲さんが俺たちとコースにお別れを言いに来てくれたんだね、と話しあったという。

とはいえ、もちろん従業員にも厳しく目を光らせていた。ある時、芝刈り機がもうダメなので買ってほしいという申請があったので新しいのを導入した。白洲が点検に行ったところ、新旧の二台が動いている。**なんだ、壊れていないじゃないか**、と言ったら、グリーンキーパーが得意げに、ええ直して使えるようにしました、と言う。白洲は「**嘘《うそ》はついちゃいかんよ**」とたしなめたそうである。

どのクラブにも出身校や所属団体別の同好会のようなものがある。白洲は、徒党を組んでクラブの中にクラブができるようなのはよくないと、派手なプライベートコンペは遠慮させていた。

ある日、見慣れない人たちが我が物顔でプレーしているのを見咎めた白洲が「**彼らは何だ?**」と訊くと、あの方たちは何々クラブの理事さんがたで、関東ゴルフ連盟に所属するクラブの理事は申し合わせでメンバー並みの料金で優先的にプレーできるんです、と言われた。すると白洲は「**夏だけのここでそんなことされては迷惑だ。それなら辞めてしまえ**」と、ほんとうに連盟から脱退してしまった。

また、その年のナンバーワンプレーヤーを決める「クラブ選手権」は、どのクラブでも設定しているものだ。当然、夏のピーク時に何週間にもまたがって上手な数人の間でだけ争われることになる大会だ。白洲は、その間その他大勢のメンバーが待たされてゴルフを楽しめずに、クラブの設立趣旨に反するとして、中止してしまったこともあった。

白洲は昔、こんな話もしてくれた。

ウィークデーに休暇を取ってゴルフクラブに行くと、うるさい爺さんたちがクラブハウス前でデッキチェアに並んで座り、こっちをジロリと見て、「おい白洲、ウィークデーに何しにきた。若いもんは東京へ帰って働け」と怒鳴る。白洲は、**冗談言うな、俺はちゃんと働いて、休みを取って来てるんだ！**と腹を立てる。そんななか、朝吹さん（元帝国生命社長の朝吹常吉氏）はステッキを持って駐車場をひと回りし、こいつは会社の車、ああこれは役所の車、おおこいつは感心だね、次郎は個人の車だ、などと聞こえよがしに言うのだそうだ。**「時々俺が会社の車で来ているのを知っていて、わざとそんなこと言いやがる嫌な爺さんだ。でもあんな素敵な爺さんたちはもう居なくなってしまった」**と白洲は寂しそうにつぶやいていた。

最近は男女同権、女性の社会進出は時代の流れで結構なことだが、多くのゴルフクラブでもアマゾネス軍団に占領されたかのような状況を散見する。軽井沢ゴルフ倶楽部では夫婦でプレーできるようにと、原則準会員として配偶者会員制を採っているが、ご多分にもれず、美しくも怖《おそ》ろしいアマゾネスが目立つようになって来た。かつて次郎を慕ってくださったエレガントで控えめな貴婦人方も、素敵な爺さんたちと共に消えた。

すでに生前の白洲と接したことのあるメンバーは少なくなっているが、辛うじて当時の若手から、おじちゃまに優しくしていただいた、などと言われる。だが私としては、晩年の白洲より、ある意味で煙たがられ怖がられていた五十代の白洲が懐かしい。

いずれにせよ白洲は、たかがゴルフ場であれ、プリンシプルを貫き、メンバーとその家族の誰もが平等に、楽しく過ごせるためにはどうすれば良いか、というイギリス流のカントリークラブの理想形を目指し、それに心血を注いでいたように見えた。

理想のカントリークラブの条件とは何か。
①入会には厳しい審査があるが、エクスクルーシブな集団プライバシーが守られること。入会者は、よき伝統を維持するためにメンバーの子弟を優先すべき。
②暮らし方、考え方を一にする親しい仲間が語らい、金を出し合ってオープンした時の雰囲気を残していること。良い雰囲気を保つためにはある程度費用がかかるのは仕方がない。運営はあくまでメンバー中心に。
③怖くてうるさいが、素敵な古手会員が睨《にら》みを利かせていて、ゴルフの上手いやつが威張っていないこと。ゴルフは上手も下手も共に楽しむもの。下手だから遠慮しろと言うのは間違い。

④社会的肩書きや地位をクラブに持ち込まず、たかが遊びのゴルフに社用車や公用車で乗り付けたりしないこと。

⑤ビジターは、仲間の誰かの大切なゲストとして、温かく遇する雰囲気があること。

そのほか、

・美味《おい》しい酒や食事が楽しめること。

・クラブ内に小クラブを作らないこと。

・女性は少ないか目立たない程度。

・年寄りも若い者も、一緒にプレーできること。

・試合が多すぎてはいけない。

白洲はこのように考えて、古きよき時代のクラブライフを次世代に繋《つな》げようとしていたのだった。

白洲は亡くなる前、娘の桂子に、「**俺が死んだ後、軽井沢ゴルフ倶楽部がどうなったか一年に一回は墓前に報告に来てくれ**」と言っていた。桂子は若い頃、メンバーのおじさま方に、年会費が高いとかマナーに厳しすぎるとか、直接白洲本人にいえない分の厭味《いやみ》を十分に聞かされて嫌気が差し、とっくにゴルフから足を洗ってしまった。クラブに出入りもしないので、報告ができる立場にないが、ときどき意地悪い顔をして、私の話すクラブでの出来事を聞いて、「ジイサン化けて出るよ」と、嬉しそうにしている。

最後に少しだけ、正子とゴルフについて話をしよう。

正子は五歳ぐらいから父樺山愛輔に連れられて、駒沢《こまざわ》の東京ゴルフ倶楽部の計画予定地だった野原に行っていた。愛輔が東京ゴルフ倶楽部の創業にかかわっていたからだが、オープンすると、クラブハウスの美味しいお昼ごはんに釣られて、日曜日ごとによく通ったという。そんなに幼い頃からゴルフ場に出入りしていたわけだが、乗馬などほかに面白いことがたくさんあったようで、ゴルフは年寄りのするもんだと思っていたそうだ。ところが二十歳頃になって、見よう見真似《みまね》で始めてみると、面白くてのめりこみ、夢中でプレーしてハンディキャップが18になった。戦禍で中断したが、女性ゴルファーがまだ少なかった頃のことである。かなりの腕前で、そのまま続けていたら名人になっていた、というのが正子の口癖だった。その後は軽井沢で、文士の方々や細川のお殿様方と楽しくゴルフをしながら、家族的なクラブライフを楽しんでいたようだ。

正子の古いアルバムを見ると、一九二七年八月、正子が十七歳の時、横浜の程ヶ谷カントリー倶楽部旧コース開設当時の写真がある。発起人の一人であった父愛輔と、その友人がたが写っている。よく見ると、そのなかの一人はゴルフクラブだけではなく、鉄砲も持っているではないか。なんともおおらかな時代だ。雉《きじ》なぞ打ちながら、ゴルフを楽しむことができたのだ。

正子のアルバムより、1927年8月
程ヶ谷カントリー倶楽部にて　左端が樺山愛輔氏

お洒落《しやれ》について
――「君、そんな格好で会社へ行って大丈夫なのか？」

白洲次郎は日本で最初にジーンズを穿《は》いた男などという、妙なタイトルを付けられている。実際、次郎はとてもお洒落で、そのベースはイギリス仕込みのトラディショナルであった。その上で、ファッション用語でいうところのＴ（Time）・Ｐ（Place）・Ｏ（Occasion）・Ｓ（Style）をきちんと押さえていた。

桂子と私の結婚披露パーティーでは、次郎はブラックタイを拒否し、基本をはずさないお洒落を通した。また、私と次郎とのたった一回の、最初にして最後のラウンド、程ケ谷カントリー倶楽部でのゴルフの時もそうだった。一週間ぐらい前から、「**あそこはうるさいところだ。今は夏期だから要らないかもしれないが、念のためジャケットは持って行け**」と何回も言われた。

またある朝、私が出社するのにツイードのジャケットを着ていたら、「**君、そんな格好で会社へ行って大丈夫なのか？**」と、まるで海水パンツで出かけるが如《ごと》く驚かれてしまった。当時既に、世の中のファッショントレンドがカジュアル化しており、私の仕事がデパートのファッション部門であったからではあるが、ツイードのジャケットは、彼の感覚では田舎に狩に行く服装であって、ビジネスの場に着ていくものとは考えられないことだったのだ。

一方で、軽井沢ゴルフ倶楽部は夏のリゾート地という認識であった。白洲本人がゴム草履で出かけるぐらいだったので、Tシャツでも、短パンでも、全くOKであった。ただしマナーには厳しかった。前述したように、タバコの投げ捨て、室内でのサングラスや帽子着用は徹底して許さなかった。

ロンドンに同行した時も、外出時に「**ネクタイは忘れてもいいが、絶対ジャケットは持って行け**」と必ず言っていた。次郎の行きつけで吉田茂さんも御《ご》用達《ようたし》にしていたターンブル＆アッサーでは、記念にブレザーコートを買ってくれた。ブレザーというのは、いわゆるジャケットと違って、かなりフォーマルにも使える。次郎は私に「**必ず、所属クラブなり、出身校のスクールタイなり、絹のネクタイをしろ**」「**間違ってもニットタイを合わせるな、お里が知れるぞ。そういうカスタムなのだ**」などと細かく教えてくれた。

ロンドン郊外にある、アンクル・ロビンの長男トミーの城を訪ねた時には、私は持参したカシミアのジャケットにニットタイを合わせてロビーに降りた。すると次郎は、私を上から下まで見て、「君、なかなかスマートじゃないか」と、服装について初めて褒めてくれた。これは嬉しい想《おも》い出《で》だ。

白洲が海外を飛び回っていた若い頃は船で渡航した。船旅の必需品が〝マル〟である。マルとは、扉を開けると中にオーバーコートやスーツを掛けることができ、反対側は引き出しになっている、いわば丈夫で便利な携帯用洋服箪笥《だんす》である。どうしてそんな大仰な荷物を持ってまで、服装にこだわらねばならないのか、いまの若い人などは不思議に思うかもしれない。

海外では、ホテルのフロントやベルボーイは客の頭のてっぺんからつま先までをさりげなく眺め、上客かどうか品定めをする。どんな服装をしてどんな靴を履いているか、だけでなく、その視線の先は客の携帯品にも及ぶ。だからたとえば、荷物にルイ・ヴィトンのトランクなどを揃《そろ》えるのは、機能的であることはもちろんだけれど、ホテルでも分相応の扱いをしてもらうためなのだ。これは、いまのような猫も杓子《しゃくし》もブランド品に走り、肩に力を入れて格好つける風潮とは、対極にある姿勢である。こうすればより快適な旅を楽しめるわけだが、**それなりにチップなどコストは掛かるがね**、と白洲は言っていた。

着こなしも見事な次郎と正子

左／筆者が次郎に買ってもらったターンブル＆アッサーのブレザー
右／次郎が褒めてくれたカシミアのジャケット

古い友人は白洲のことを〝ダンディーなジロさん〟と言ってくださっていたが、先年にはなんと宝塚歌劇団の宙《そら》組が白洲のダンディズムをテーマにした演目まで上演していた。白洲がダンディーであるための条件を列記してみよう。
①筋の通った自分の考えをもっている。②私する心がなく、フェアーである。③弱者に優しい。④ユーモアとウィットに富んでいる。⑤見た目にそこそこカッコいい。
ということになるが、いかがだろう。


正子についても、ちょっと書いておきたい。

正子は、お洒落の元は虚栄心にあるかもしれないが、羞恥心《しゅうちしん》を欠いたのはお洒落とは言わない、という姿勢を貫いていた。「**何事も徹底的にやることだ**」と言い、お能仕込みのきりっとした男の着付けをベースにオーソドックスな和服を、あるいは、鹿《ろく》鳴館《めいかん》仕込みの洋装を好んだ。そのうえで、自由な自己表現をしながらファッションを楽しんでいた。

桂子に言わせれば、正子は〝物欲の鬼〟だそうで、娘の着ているものでもバッグでも、剝《は》いで持っていくとのこと。そういえば、ある日、私が買ったエルメスのマントを正子が欲しがり、どうしても譲れと言われて、しかたがないので渡したこともあった。しかし、着ていたのを見たことがない。

平安時代から皇室の装束を手がける髙田装束研究所主宰の髙田家二十四代御当主、髙田倭男《しずお》さんもおもしろいことをおっしゃっていた。髙田さんと正子は、双方二代にまたがるお付き合いである。髙田さんは、ご自分がインド等で苦労して手に入れた、正子が気に入りそうな貴重な布は、正子が遊びに来るとわかった途端、大急ぎで絶対に見つからないところに隠して置かれたそうだ。見つかったら最後である。強引に持って行かれてしまったことが何度もある、と苦笑されていた。

次郎と正子が服装について語るとき、よく使っていた英語がある。私の勝手な解釈を加えて紹介しよう。

Dress Up（着飾る）と、Dress Down（着くずし）という言葉のほかによく、「Over Dress と Under Dress に気をつけろ」と言っていた。

大袈裟《おおげさ》にいえば、オーバードレスとはカジュアルなバーベキューパーティーにスーツを着て行くようなことであり、アンダードレスとはフォーマルパーティーにポロシャツで行くようなことだろう。

二人ともこれらの基本をはずさずに、T・P・O・Sに応じて、イッセイミヤケからシャネル、ヘンリープールまで着こなしていた。そしてそのうえで、どこかに自分らしいポイントを持っていたのは見事であった。

軽井沢の思い出
――「僕もスノッブだが、君も相当なもんだな」

次郎が夏を過ごし、ゴルフとクラブライフを楽しんだ場所、軽井沢について、もうちょっと触れておこう。

軽井沢は私にとっても特別な場所である。たまたま祖父が雲場池とその周辺の山、何軒かの家作を持っていたため、戦争中に親戚一同で疎開《そかい》し、小学校一年生の数か月、軽井沢小学校に通ったこともある。東京生まれの私にとっては故郷のようなものだ。戦時中は六年生の先導で隊列を組んで裸足《はだし》で国道を登校した。都会の別荘族のひ弱なお坊ちゃんだからいじめられたし、火山灰の土地で米はできないし、おからとそば粉の団子しか憶《おぼ》えていない。元代議士だった祖父はちょっと変わってもいて、ガソリンがないからと、漆塗りの立派な御者付きの馬車を乗り回していた。当時、雲場池で鱒《ます》や鯉《こい》の養殖もしていたが、なぜか私は鱒や鯉を食べた記憶はない。ただ、跡取りである私の七歳の誕生日に、祖母がもったいつけて卵を出してくれたことだけは憶えている。

玉音放送を聞いたのももちろん軽井沢だ。父は泣かず、母は泣いていた。信越線で急いで東京に帰ってきたが、まだ沿線には煙が立っていた。神経衰弱をわずらっていた祖父に気を使いながら、ひっそりと暮らしていた戦時中の軽井沢には、あまり良い思い出はない。

中学生ぐらいになると少し世の中も落ち着いてきて、毎年夏休みを軽井沢で過ごすようになった。軽井沢会のテニスクラブでのお遊び大会にABCトーナメントというのがあって、名選手と組んでいただいて優勝したこともある。毎日が楽しかった。高校生になるとそろそろ自分の車を持つ金持ちの子弟もいて、男女十人ぐらいの気の合うグループでホテルの廃墟《はいきょ》や見晴台、浅間山、白糸の滝、鬼押し出しへと繰り出したり、現在の72ゴルフ場がまだ飛行場だったので、そこへお弁当を持ってピクニックに出かけたりした。大学生はテニス派とゴルフ派に分かれ、ちょっと大人のソサエティーに顔を覗《のぞ》かせるようになった。

大人たちはそれぞれゴルフやテニスの後、万平ホテルやニューグランドロッジのダンスパーティーやゲームに興じる。いわゆるエクスクルーシブなクラビングを楽しんでいた。

当時の軽井沢は典型的な長期滞在型サマーリゾートで、大げさにいえばみんな知り合いといった別荘族の雰囲気が町全体を覆《おお》っていた。排他的でスノッブな空気が蔓延《まんえん》しており、かなり厭味な感じでもあったけれど、かろうじてその中に参加している者にとっては、じつに快適な空間でもあった。

その後、高度成長の影響やいわゆる美智子《みちこ》様ブームで軽井沢も観光地化し、大衆化が始まり町も変わった。しかし別荘地帯ではあいかわらず名流別荘族のパーティーが開かれていたようで、日頃は東京で離れて暮らしている人たちが、夏だけのコミュニティを形成していた。そこには入りたくても呼ばれない人たち、あるいはその逆もいて、悲喜こもごもの様相を呈する。ある日、次郎はある方に請《こ》われて無理してパーティーに出かけて行った。だがドアのところで部屋の中の来客を見回し、なにか不純な意図を嗅《か》ぎ取ったらしい。「**ふーん。今日の集まりのご趣旨はそういうことですかい**」と言って、くるりと踵《きびす》をかえして帰ってしまったそうだ。

次郎は自らのパーティーをホテル鹿島《かじま》ノ森で主催し、仲のよい友人や外国人をお呼びして楽しんでいた。最晩年には白洲の軽井沢の家で、桂子が次郎のために大パーティーを企画し、自分で料理を作ってもてなした。次郎は涙を浮かべて喜んでいた。

次郎も正子も、桂子が軽井沢に上がってくるのを心待ちにしていたようだ。一緒に美味しいものを食べに行ったり、桂子の手料理に舌鼓《したつづみ》を打ったり、小諸《こもろ》や上田の骨董《こっとう》屋に行ったりして、夏のひと時を楽しんでいた。中元と称して、桂子に結構な小遣いをくれもした。

必ず次郎はあとで「**あれで何を買ったのか**」と桂子に訊いた。洋服を買ったとか美味しいものを食べたとか答えるととても喜んだそうだが、ある日うっかり「ありがとう。歯医者の払いができて助かったわ」とつい本音を言ったところ、とても悲しそうな顔をして「**そんなもの亭主に払わせろ**」と怒ったそうだ。

両親が亡くなってからは、大枚のお中元も貰《もら》えなくなった。桂子はすでにゴルフをやめてしまっているので、「あなたの洗濯と食事作りのために軽井沢なんて行ったって面白くもないから、一人で行ってらっしゃいよ」とつれなかったのだが、またテニスを始めたこともあり、最近はちょっと変わった。私の祖父が唯一《ゆいいつ》残してくれた雲場池のほとりの小さな土地に、父が建てた小屋がある。そこをきれいに直し、夫婦でよく過ごすようになった。桂子は原稿を書いたり、沖縄三線《さんしん》を弾いたり、定住している友人と会ったりと勝手にやっている。私もあまり気兼ねなくゴルフができるのは、まったくありがたいことである。

さて、私の祖父の後日談。戦争をはさんで十年のブランク後、突如復帰を狙《ねら》って第二次吉田内閣の解散時に故郷長崎から立候補し、落選した。その結果、当選したら多分返さなくてすんだはずの借金取りが大勢押し寄せて、例の近衛さんを煩《わずら》わせたお稲荷《いなり》さん（13頁《ページ》）のある山も叩《たた》き売り、その後売り食いを余儀なくされ、一九六一年、私が大学を出て就職した年の春亡くなった。その新聞記事を見た次郎が、娘に「**おい、ヨシオシのジイサンが死んだから、あいつの親父《おやじ》に遺産が入るぞ**」と言ったそうだが、時すでに遅し。祖父はほとんど財産を残さなかった。

戦争もあり、だんだん貧乏になっていく過程を小さい頃から見てきたせいか、私は見栄《みえ》っぱりで、上昇志向が強い。そのおかげで仕事を頑張ったともいえるけれど、白洲からは「**僕もスノッブだが、君も相当なもんだな**」と冷やかされたこともある。家内にも「そうよ。これであなたが金持ちの息子だったら、鼻持ちならないヤツになったに違いない。お金がなかったからこの程度ですんで良かったじゃないの」と褒められた。

戦時中、祖父が飼っていたマコという名の馬の馬糞《ばふん》の匂《にお》い。霧の中かろうじて光る二本の線路を見ながら、草軽電車に乗って伯母たちと山菜採りに行ったこと。少し成長してからは、今日は白洲のおじさまに怒られないようにゴルフをしようと、緊張感でピリピリしていたこと。そして気に入らない婿《むこ》さんになるきっかけとなった桂子との出会い。晴山ホテル（現・軽井沢プリンスホテル）のパーティーで初めて桂子と踊ったダンス……。私にとっては、ちょっともの悲しい思い出が盛りだくさんな場所である。

スポーツ大好き夫妻

――「サッカーはRough men play gentlyで、ラグビーはGentlemen play roughlyだ」

私の息子が中学校の部活動でサッカーを選んだことを聞いた白洲は、神戸一中（旧制第一神戸中学校）時代に自分もサッカーに興じていたのを棚に上げて、息子にこう言った。

「団体競技を選んだのはえらいが、サッカーはRough men play gentlyで、ラグビーはGentlemen play roughlyだ。その違いが分かるか？　大体おじいちゃまの孫が労働者のするスポーツをやっちゃダメだ」

そう言い続け、遂《つい》にラグビーに転向させてしまった。

白洲はさまざまなスポーツをたしなんだ。ゴルフはもちろん、ケンブリッジ時代には自動車レースやラグビー、結婚後は志賀高原や蔵王に山小屋を持ってスキーや公魚《わかさぎ》つりを楽しんだ。ちょっと意外かもしれないが、野球も好きだった。神戸一中時代はサッカーもやったが所属は野球部で、後年には文壇野球に熱心に参加している。これまでラグビーやゴルフというイメージが強く、「次郎・アメリカ・野球」は結びつかなかったのだが、最近、明治学院大学の歴史資料館にその謎《なぞ》をとく資料があると、資料館の原豊さんが教えてくださった。

原豊さんが著した『ヘボン塾につらなる人々』によると、なんと白洲の父文平は、明治十七〜十八年には明治学院の前身である東京一致英和学校野球部の初代キャプテンでキャッチャーを務め、その捕球ぶりは「白洲のスマートキャッチ」として有名だったという。文平は「秀麗瀟洒《しょうしゃ》たる美丈夫」と称され、特にその弟純平、長平と共に草分け期の野球の名手だったのだ。

この資料は野球史としても面白いが、白洲の父や叔父、そして貿易で富を築くきっかけともいえる交友なども記録されていて興味深いので、お許しを得て以下に要約して一部を紹介させていただく。

文平とすぐ下の弟純平、末弟長平の三兄弟は、同じく明治学院普通部に在籍し、野球部で大活躍し、黄金時代を築いたという。

学校のグラウンドで学生達がアメリカ人のマクネヤ教授の打つボールを拾っているうちに、次第にバッティングを学んでチームを作り、青山学院や東洋英和、立教学院といった同じキリスト教系の学校同士で試合をするようになった。

なかでも、神戸の貿易商「白洲商店」の白洲三兄弟は、すこぶる異彩を放っていた。特に長平を投手に立てて戦うと百戦百勝。その後、この四校のほか、横浜商館に勤務していたアメリカ人もチームを組織し、根岸の競馬場を利用して練習を始め、当時「日本人と犬入る可《べ》からず」という札の掛かっていた横浜公園で交流試合を行なった。明治学院は長平の威力ある投球によってアメリカチームをも撃破した。

その後も交流戦は続き、白洲長平はアメリカのスポーツ誌に写真入りで紹介された。その縁で、後に神戸へ彼を訪ねてくるアメリカ人も増えたという。おかげで、商売にも大変役に立ったそうだ。

明治二十四年に三兄弟の父親白洲退蔵が亡くなり、末弟の長平は京都の同志社に転校。長平の指導によって、野球チームが九つもできた。

ボールは今と同じ硬球を使用し、キャッチャーはミット、投手と一塁手は手袋のような物をはめていたけれど、他の野手はほとんど素手で、靴を履いているものは少なく、たいていは草履で中には草鞋《わらじ》を履いている選手もあったという。それでも、京都御所の芝生の広々した御苑《ぎょえん》を、管理人をだまして借り、練習を積み、明治二十五年にはベースボール部を創設したばかりの三高と初の対外試合を行なった。試合は、二塁手から二回以降投手に代わった長平が絶妙のカーブで三高の打者を寄せ付けず、一日の長のある同志社が24対22で初勝利を挙げた。

この対戦の第二戦については、大和球士著『野球百年』に詳しく書かれている。名手白洲長平にどこを守らせるか。同志社はそれが勝敗を決すると確信していた。しかし、三高の練習を偵察に行くのは危険であり、潔《いさぎよ》しとしない。思案していると、長平が僕に万事任せろと言い、自ら比叡《ひえい》山の中腹から三高の練習を偵察し、データを取って分析し、外野飛球のパーセンテージが多いのを見極め、センターを守ることを申し出たという。

同志社を卒業した長平は神戸の森村組に勤め、その後アメリカのエール大学に留学。一高とエール大学の交流試合も計画したという。野球を通じてキャンパスライフを謳《おう》歌《か》し、帰国して銀行に就職した後、兄文平とともに白洲商店で事業に励んだ。

ちょっと次郎から道を逸《そ》れてしまったが、このように、父や叔父が日本野球の草創期から活躍した名手であったことを知って、次郎の野球好きの理由の一端が分かった。しかし、そういう話をいっさい娘にしなかったのは、いかにも次郎らしい。

野球のユニフォーム姿の次郎

アメリカ留学時代、射撃の練習をする正子（手前）

正子もスポーツ好きだった。正子の兄の樺山丑二《ちゅうじ》さんは小柄だが運動神経抜群で、若い頃アメリカのプリンストン大学で人気者だったそうだ。特にルアー釣や射撃は名人の域に達していたそうで、射撃では無論、居鳥は撃たないばかりか、狙いを定めた段階で、もう当たった、とばかり、引き金すら引かなかったそうである。

正子自身も運動神経はよいらしく、アメリカの女学校時代のアルバムを見ると、乗馬、テニス、水泳、射撃などの写真が多く、十五、六の乙女が全寮制のキャンパスライフを謳歌していた。

特に水泳は学習院時代にすでに卓越していて、芦《あし》ノ湖《こ》や海での合宿では先生の代理を務めるほどだったようだ。乗馬は小さい頃から御殿場でポニーを与えられて熱中したが、近くの三井家の御令嬢のポニーとは差があって、正子の方は安い馬だったらしく、性格が悪くて言うことを聞かなかった、とよく言っていた。これはもしかすると、正子の負けず嫌いが、自分の技を棚に上げて言わせていたような気もする。

その後、ヨーロッパでスキーも楽しみ、ゴルフとテニスもかなり熱中したようす。娘の桂子が近所のテニスクラブでプレーをしていると、正子は犬の散歩の途中に立ち寄り、フェンス越しにしばらく見物していた。そして帰ってくるなり、「**あたしの方がうまかった**」と必ず一言のたまうのだ。娘にまで張り合う、とずいぶん桂子は怒っていた。

プロとアマの違い
――「相撲取りをサン付けで呼んでいるとは何たることだ」

白洲は相撲やプロ野球が大好きで、よくテレビの前に陣取って見ていたものだが、アマチュアとプロフェッショナルの違いについては、イギリス流にとても厳密に区別し、意見を持ち、批判もしていた。

「ジェントルメン・スタート・ユア・エンジンズ」で始まる白洲の好きな自動車レースも、ラグビーも、近頃はオープン化が進んでプロのプレーヤーが誕生した。近年はオリンピックの日本代表にすら、プロが日の丸を背負って出場する。こういう今日が来たことを白洲はどう思うか、興味のあるところだ。

白洲の意見は、読売新聞に寄稿した「アマとプロ」と題する随筆にはっきりと記されている。以下引用する。

〈今春の東京六大学野球のシーズン中にある大学の選手が審判員にどうかしたとかい

うので出場停止になったということを聞いたが、私はあながちこの選手だけを責める気にはなれない。こういう不愉快な事件が起った、そもそもの原因は近年プロとアマのスポーツを混同してきたからで、この選手がはからずも、アマの選手の一般的の風潮を具体的に表現したに過ぎないと思う。この点、プロのいないスポーツはこういう心配もないしまたこういう問題もないのは幸である。

大体プロのやるスポーツは外に適当な言葉がないから「スポーツ」というので、実はスポーツでも何でもなく単なる見世物に過ぎないのだ。見世物である限り勝負にこだわり、観客の一番喜ぶ様にやるべきであるから、例えばプロ野球の場合、少々汚いことをしようがお客様の反感を買わぬ限りにおいては大したことはないし、審判員に文句をつけて審判員をけん制すること位は当り前と考えてよかろう。ジェスチュアたっぷりにやってお客様をよろこばすのもまた見世物の一手段であることには間違いはない。しかしアマのやるスポーツはあくまでもスポーツであるべきで勝敗は第二で一般観客の存在は意識する必要がない。六大学野球の例をとっていえば六大学の野球の選手はまず第一に野球を楽しむために野球をやり、強いて観客といえば各母校の人々を考慮に入れれば足りるのだろう。外の一般観客に対しては「試合を見せてやっているのだ」位の見識があってよかろう。

プロ野球の技術の向上に伴ってアマの野球選手がプロの技術を習得するに熱心なあまりプロの試合に対する立場までウのみにしているのではないだろうか。プロのやる野球とアマのやる野球は本質的には全然違ったものだという認識をアマの選手はもちろんのこと一般の人々にももってもらいたいものだと念願してやまない。こういう大事なことはジャーナリズムも協力して啓もう運動をやってもらいたいものだと始終思う。テレビやラジオのアナウンサーがプロ野球の審判員をよくサンづけで呼んでいるのを聞いていつも苦々しく思っている。ひどいのになると相撲の呼出しまでサンづけにしているのがいる。軽い気持で言っているのだろうがプロとアマの違いに徹していない現われだと思うとイヤな気がする。六大学の野球選手に背番号をつけるべしという声を時々聞くがこれなどもその同類だと思う。

英国の様に、その競技に関する限りアマは紳士であってプロは芸人であるとの建前を堅持するまでには急にオイソレと行きそうにもないが一歩一歩こういう状態に到達する様努力するにあらずんば本当のスポーツは生れてこない。〉

（読売新聞　一九五六年六月十一日付夕刊）

要するに、上等な〝見世物〟として勝負にこだわるのがプロフェッショナルであり、純粋な〝スポーツ〟に徹するのがアマチュアである。したがって、プロ（見世物）の相撲取りや審判員にサンづけなどありえない。両者の違いがわかっていない証拠だ、というわけである。

先年の夏、軽井沢ゴルフ倶楽部《くらぶ》で、元NHKの名キャスターでメンバーの磯村尚徳《いそむらひさのり》氏にお会いした。磯村さんは、昔このクラブで、白洲にこう言われたという。「**おい、NHKともあろうところが、相撲取りをサン付けで呼んでいるとは何たることだ。プレーヤーとジェントルマンの関係だよ。ゴルフなんかやめて、すぐNHKに戻って改めろ**」。懐《なつ》かしそうに話してくれた。

ひと昔前は、殿様や大金持ちが旦那《だんな》を張り、身銭を切って、一芸に秀《ひい》でた若者たちをひいきにして飯を食わせ、小遣いをやり、教育して、一流の相撲取りや芸術家、プロゴルファーに育て上げ、世に送り出していた。いまや旦那衆は少なくなり、マスメディア全盛の時代となって、一般大衆がテレビのスポンサーを通じて〝旦那〟になる時代となった。

新しい時代の旦那衆であるわれわれ観客は、分別をもって接しなくてはならないのに、プロとアマの違いをわきまえていないから、最近はとくにひどいことになっている。ていたらくの大相撲は、本来の見世物としての面白みをも失ってしまったのである。

大相撲については、正子もおもしろいことを言っていた。

ふた昔前くらいだろうか、ハワイ出身の力士たちが活躍をしていた頃のことである。「ハワイの若者たちを、自分の方から相撲の世界に誘っておきながら、横綱に昇進させるとかさせないとか揉《も》めているのは身勝手な話だ」という。体力も腕力も、日本人が彼らに勝てる道理などないのだ。しかし、以前小錦《こにしき》関が「相撲はケンカだ」と発言したことに対して、正子は、「ケンカと割り切られたのでは行儀も品位もあったものではない」「一時の人気取りに目が眩《くら》んだ相撲協会のお偉方に、ザマァミロと言いたいね」と痛烈に批判していた。

先日、正子の古いスクラップ帳をめくっていたら、英文学者の福原麟太郎《りんたろう》先生が書かれた「スポーツ論壇」という新聞記事の黄ばんだ切りぬきを発見した。それは、昔見たイギリスの映画の中で囚人が逃走の道々見知らぬ人々に親切を受けるたびに、〝ザッツ・スポーティング・オブ・ユー〟（あなたはスポーティングだ）と礼を言った、という話に始まり、スポーティングとはフェアプレーをすること、スポーツマンとはフェアプレーを重んじる人であることを述べ、それは日本のサムライに通じるのではないか、というエッセイであった。

正子は福原先生と付き合いがあり、頂戴《ちょうだい》した手紙もたくさん残してある。先生が亡くなられた時、「**本当のユーモアを解し、本当の悲しみを知る方だった**」と残念がっていた。正子が福原先生のこのような記事を切り抜いて手許《てもと》に残していた、ということに私はちょっと驚いた。正子はもしかしたら、次郎に劣らぬ〝スポーツ好き〟だったのではないか、と私は睨《にら》んでいる。

福原さんの記事を読んでいて、かつて小林秀雄さんと正子が、ジェントルマンを紳士と訳したのは間違いで、武士と訳すべきだった、などと話していたのを思い出した。どうも、ジェントルマンやスポーツマンシップという英語は、やっぱりサムライとか武士道とかに近い言葉のようだ。私も昔、白洲にジェントルマンの意味を尋ねたことがある。すると白洲は「**英語は英語。イギリスにはサムライとか武士道とかそういうカスタムはないの**」と吼《ほ》えていた。

財界の大御所だった石坂泰三《たいぞう》さんは、邦楽を趣味にして、晩年「玄人《くろうと》は上手《うま》くなればなるほどカネが入る。素人《しろうと》は上手くなればなるほどカネが出て行く」と言ったそうだ。なるほどこれこそ、プロとアマの違いである。

白洲ほど厳密にプロ・アマの区別をするのは今の時代難しいが、新しい価値観と倫理観を確立しないと、せっかくの伝統芸や技も廃《すた》れていくのではないだろうか。

華麗なる車遍歴

――「喧嘩《けんか》は機先がすべてだ」

二〇〇四年、白洲次郎が亡《な》くなって二十年近く過ぎた五月、我々にとって、とてもドラマティックなことが起きた。

なんと八十年前、当時世界のオートレース界を席巻《せっけん》し、風のように消えていった名車ベントレーの一九二四年製3リッター、まさに白洲が二十二歳でケンブリッジ大学留学時代に乗った実物そのものが、ナンバープレート「XT7471」をつけたまま、武相荘の門前でブロロロローッと低いエキゾーストノートを発しているではないか！

白洲はこの車で数々のスピードレースに参加し、翌一九二五年の冬にはケンブリッジの同級生で生涯の友となったアンクル・ロビンと二人で、ボルドーからマドリッド、グラナダ、ジブラルタル、マルセイユ、ジュネーブ、そしてパリへ、十二日間かけて走り抜けた。

一九一九年から一九三一年までの十二年間で、たった三〇〇〇台しか生産されなかったヴィンテージ・ベントレーと呼ばれるこのシリーズは、一二〇〇台現存する。イギリスにある世界最古の自動車オーナークラブ、ベントレー・ドライバーズ・クラブの古めかしい台帳には、そのほとんどの来歴が記録されており、この車の最初のオーナーは白洲次郎で一九二四年五月二十四日に購入したことが記載されている。

白洲は当時、このベントレーのほかに、同じくレース界で名を馳《は》せた一九二四年製ブガッティ35レーシングカーも持っていた。今でもこれらは貴重なクラシックカーとして高値がつくが、当時としても、たぶん今風に言えば自家用飛行機を二台持っているのと同じぐらいの価値があったと思う。いくら父親の文平が貿易で財を成した金持ちとはいえ、その破天荒ぶり、桁外《けたはず》れのスケールには、ただただあきれ驚くだけである。

ブリティッシュ・レーシング・グリーンのこの車の存在を私たちが初めて知ったのは、白洲を特集したテレビ番組だった。当時のイギリス人オーナーが、かつて白洲の駆ったベントレーでロンドン郊外を疾駆している姿を見て、縁があったら実物を見てみたいものだ、と夢見ていた。

そんな折、知人がある情報を教えてくれた。ロールス・ロイスとベントレーのクラシックカーの有名コレクターである涌井《わくい》清春さんが、あの車を最近手に入れられたようだ、というのだ。なんでも涌井さんは、日本の自動車評論家の草分けで雑誌「カーグラフィック」を創刊した小林彰太郎さんに、「君、ベントレーを集めるのもいいが、日本で初めてベントレーに乗った白洲次郎の車がまだロンドンで元気に走っているのを知っているか。これこそ日本にあるべきベントレーではないか。悔しかったら手に入れてみろ」などとけしかけられ、二年がかりでイギリス人オーナーを口説き落としたという。

その知人の紹介により、涌井さんはベントレーを気持ちよく武相荘に持ってきて下さった。桂子も私も、初めて見るのになぜか懐かしさでいっぱいになり、桂子は「お帰りなさい」と言って涙ぐんでしまった。

直線的なウインドシールド。次郎の手《て》垢《あか》の残っていそうなステアリングホイール。冬のヨーロッパの悪路に耐えてきたフュエルタンク。えもいわれぬ曲線美を描くカウリング。ボンネットの止め具の革の皺《しわ》。レヴカウンターなどの計器類。ひび割れた革のバケットシート。ストロークの長い蒸気機関車のコンロッドのようなシフトレバー。精緻《せいち》なドアーヒンジ……。どれをとっても八十年前の工業生産品とは思えない、カチッとした仕上がりの隙《すき》のない優美さだ。次郎が愛した大英帝国のブリッグの傘やヘンリープールのスーツのように、時代を超えた職人技の名品だけがもつ、温かみのある美しさに、息を呑《の》む思いがした。

一九二三年から始まったル・マン二十四時間レースで、翌二四年に早くも初勝利を収め、その後二七年から四連覇を成し遂げたベントレー。世界一の乗用車の名声をほしいままにした、男の子のドリームカーであった。いまでも時速一六〇キロで走る化け物のようなマシーンを操るためには、高度な運転技術が必要であり、メカニズムの知識や並外れた体力も要する。今のようにパワステやオートマのイージードライブではなく、まさに頭と力の要る死をも賭《か》けたスポーツだ。さらに、スタート時には「ジェントルメン・スタート・ユア・エンジンズ」という号令がかかるのだから、白洲が熱中したのも無理はない。むしろ彼にピッタリ合ったスポーツと言えよう。身体《からだ》にかかるG力に耐えながら、加速を強いられる機敏な動作を楽しみ、今日は走る宝石ブガッティ、明日はヴィンテージカーの王者ベントレー、という具合に乗り回していたのだった。

涌井さんは現在、埼玉県加須《かぞ》市で「WAKUI　MUSEUM」を運営されている。ミュージアムには、何十台もの珍しいヴィンテージカーにはさまって、次郎のベントレーと、その隣には吉田茂さんが常用しておられた一九三七年製のピカピカのロールス・ロイスが飾ってある。無料で公開されていて、車好きの方のメッカの一つになっ

武相荘に“里帰り”した次郎のベントレー3リッター

ている。

白洲の車遍歴はイギリスに渡る前から始まっていた。破天荒な父親は神戸一中に通う息子にアメリカ製のペイジ・グレンブルックを買い与えた。そのときの様子を稲垣足穂《たるほ》が『ヒコーキ野郎たち』のなかに書いている。

〈この頃、白洲二《ママ》郎の自動車に乗せて貰ったことがあった。先方は県立一中のカーキ色の制服をきちんと身につけ、軍靴《ぐんか》の上にゲートルを巻き締めた、落着いた少年であった。なんでも午後遅く前ぶれもなく彼の運転するオープンカーが表に停ったので、那須と私はそれに同乗して夕方のトアロードを下り、楠公神社東門の傍の材木屋まで出向いたのだった。私は車上で待っていて、那須が下りて、予《かね》て注文してあったボディー用の檜《ひのき》の角材四本を受取り、こうして尾長鳥になった自動車で再び中山手通二丁目まで送り届けられたのである。白洲君の上には彼が一中卒業後にフランスの飛行学校へ行くのだとの噂《うわさ》があって、私は、自分などの到底及びもつかぬ話だと淋《さび》しい気持に襲われていた。しかしあの一刻、彼は言葉少なで、われわれの飛行機に特に関心を持っている風でもなかった。

〈中略〉白洲君のフランス遊学云々《うんぬん》は、彼が乗廻している自動車をたねにした何人かの幻想だったときょうになって解釈される。〉

イギリス留学時代におけるブガッティ、ベントレーを経て、次郎が所有したのはイタリアの高級車ランチアだ。世界恐慌《きょうこう》で父文平が破産、仕送りができなくなったので英国から帰国したのだが、その直後正子と結婚した時に祝いに買ってもらっている。なんとも羨《うらや》ましくもおおらかな良き時代だと感じざるを得ない。

戦時中はガソリンなどもなく、さすがの白洲も車は我慢せざるを得なかったようだ。しかし終戦連絡中央事務局次長になると公用車としてGMのビュイックをあてがわれ、憂《う》さ晴らし。その後早い時期に英国車ハンバー・ホークを手に入れて乗っていたようだ。その頃の国産車はまだ体《てい》をなさず、木炭車のタクシーが走っていた。しばらくの間は外交官か新聞社だけが、貴重な外貨割り当てで新車の輸入車を買うことができるにすぎなかった。一流会社の役員といえども外貨割り当てはなく、駐日外交官や駐留米軍から払い下げられた年遅れの中古外車しか手に入れられない。そんな時代は一九六〇年頃まで続いた。白洲が東北電力の会長に就いたのは一九五一年だ。こういう環境の中でどうやって外貨の枠を確保したのかわからないが、イギリスからランドローバーを輸入して、大いにその威力を水力発電のダム工事現場で発揮させた。ダムの視察に来られた秩父宮《ちちぶのみや》妃殿下を一番の上席である助手席にお乗せして、自らハンドルを握って案内している写真が何枚も残っている。

所得倍増論などで日本の産業が成長期に入っても、自動車に限っていえば、当時のトヨタ自動車が量産開発した観音扉のクラウンですら時速一〇〇キロそこそこで、夏など上り坂でオーバーヒートして立ち往生、というレベルだった。白洲は日本の自動車産業は三十年、五十年たっても欧米に追いつかないと言っていたが、正子と一緒にトヨタの工場を見学した小林秀雄さんは、社員の態度や工場の雰囲気から、そのうちトヨタは必ず世界の一流メーカーになる、と断言されていた。酒を飲みながら二人は大いに論争をしていたものだが、これは見事に小林さんに軍配が上がったのは言うまでもない。

また、かつて白洲は、戦後の法整備などに関して、自動車産業を本気で国際的なレベルにしたいのなら、アメリカと同じ右側通行にし、高速道路は三車線、出入口やジャンクションは低速側にすべし、と主張し続けていたという。しかしうまくはいかなかった。「車のこともわからない役人共は理解できなかった。いまに東京は渋滞で交通マヒになる」という白洲の予言は、不幸にして当たってしまった。

さて、その後の車遍歴を、私の憶えているかぎり記してみる。

公用ではメルセデス・ベンツの280SEクーペや450セダン。白洲は最上のシートはコードライバーズシート（いわゆる助手席）であると言い、そこに座った。運転手付きでホテルに乗りつけたとき、ドアボーイが恭《うやうや》しく後部ドアを開けて、無人なのに驚いてポカーンとしているのを見て楽しんだり、またあるときはわざとトヨタの小型トラックを正面玄関に乗りつけて、出入りの業者はアッチダヨ、と言われたりするのを楽しんでいた。

プライベートでは、セカンド、サードカーに関して時宜に応じた車選びをしていたと思う。たとえばオイルショックのときは、彼流のポーズであろうか、いち早く低燃費の三菱《みつびし》ミラージュに乗っていた。その後も、トヨタのピックアップトラック、ソアラ、事故車を改造した小さな駅馬車風の幌《ほろ》付きスバルサンバーなどを愛用した。自分が早くから自動車の運転をしていたので、「**運転を始めるのは若いうちに、早ければ早いほどよい**」が白洲の持論。まだ車などほとんど見かけない頃から、息子や娘に田んぼ道で運転を教えていたというのだから、のどかなものである。私の家内は十四、五歳から運転を始め、まだ小さいから窓から顔が見えず、駐在のお巡りさんから「白洲さんの車が無人で走っていたようだが大丈夫か」と問い合わせが来て、家人をあわてさせたこともあったそうだ。

桂子が運転をして白洲が横に乗り、夕方の都内を走っていた時のこと。当時はまだ若い娘が車の運転をしているのはそれほど多くない時代だ。たまたま道路で横に停まった車に乗った若者たちが、珍しさも手伝ったのか懐中電灯で桂子を照らしてからかった。すると白洲はあっという間に飛び出して、ドアを開けて青年二人の襟首をひっつかみ、車から引きずり出して詫《わ》びさせたそうだ。白洲はこともなげに「**喧嘩は機先がすべてだ**」と言ったそうだ。

たしかに桂子は父親譲りで運転がひじょうに上手い。長兄がパリから持ち帰った一九五三年製MG・TFカブリオレを彼女が譲り受け、デートで遠出してワンマン道路をとばしたものだ。私たちはその後結婚してからも、夫婦で船橋ヘルスセンターのサーキットへ繰り出し、サーキット用に改造したレーシングセダンでタイムレースやバンク走行、ＪＡＦ公認のジムカーナ、ラリーなどに参加した。白洲次郎の百分の一ぐらいの程度ながら、モータースポーツを楽しんだほうだろう。

血は争えないもので、私たちの息子もある日、家内が買い与えた車を売って古びた三菱ジープのワゴン車に乗って帰ってきた。それを見た家内は腰が抜けるほどびっくりしてしまった。それは白洲がランドローバーの次に使った現場用公用車と同じだっ

次郎の青年時代の車遍歴
上からペイジ・グレンブルック、
ブガッティ、ベントレー、ランチア

たのだ。国内産業促進の意味もあって採用した車で、白洲はプライベートでも所有した。そしてまさにそれは少女時代の桂子に運転を教えたモデルで、ツートーンカラーの色まで同じだった。

オイリーボーイのゴール
――「かけがえのない車を目指せ」

色々な車に乗った白洲の終《つい》の車は、一九六八年製の排気量一九〇〇ｃｃのナローポルシェと呼ばれる９１１Ｓモデルだ。きっかけは詳しくは知らないが、ドイツと関係の深いイギリスの古い友人が日本でビジネスをスタートさせる際に白洲が手伝いをした関係らしい。友人からなにか御礼をしたいと言われたので、「**君からいまさらカネなどもらうわけにはいかないよ、でもどうしても何かしたいのならポルシェの一台でも寄こせ、と言ってやった。そしたら本当に送ってくるそうだ**」となった。白洲は子供のように大喜びして指折り数えて待っていた。

プライベートライフでは、もっぱらこのポルシェを自ら運転し、関西方面や湘南《しょうなん》のスリーハンドレッドクラブや軽井沢ゴルフ倶楽部へ出かけていった。

アンクル・ロビンから贈られたレスレストン社製の真っ赤なドライビンググラブをはめて、さあ行くぞ、といった感じでステアリングホイールを握り、ピットからバンクに向かっていくようにガレージから飛び出していく。

家に帰るなり、嬉《うれ》しそうに、「**東名高速で若いヤツが競《せ》りかけてきたからぶっちぎってやったら、びっくりして諦《あきら》めていた**」などと言うこともしばしば。レースで鍛えた腕はさすがだった。たまに彼のコードライバーズシートに乗せてもらって軽井沢まで行ったこともある。旧碓氷《うすい》峠ではセカンドギアにシフトダウンして、遅めのクリッピングで巧みなコーナリングとエキゾーストノートを楽しんでいた。

白洲はどこかに「**今のドライバーは世の中に自分一人しかいないかのごとく振舞う。交通量が多くなればなるほど必要なのは互譲の精神である**」などと書いていたが、実際はそうはいかなかったようだ。ケンブリッジ大学ラグビーのフォワードのように、なにかぶつぶつ言いながら、対向車は向こうが避けるもの、そこのけそこのけ俺様のお通りだ、という風情《ふぜい》であった。

運転手や娘の運転する車に乗ったときは、「**それ追い越せ今だ**」「**前につめろ**」などとうるさく、うまくいくと「**グッド・ドライブ!**」と叫ぶ。こちらでもやはり「プレイ・ファスト」であった。

ポルシェが来てから二、三年後のこと、今度はドイツから2・4リッターのぴかぴかのエンジンが届いた。白洲は、パワーアップするとブレーキディスクはこれで耐え

ポルシェ911Sと次郎

られるかなど、細かいメカニックチェックをして新しいエンジンに乗せ換えた。そして、まるで子供が夏休みの標本を作るような手つきでアルミ板を2・4と器用に切り抜き、ボディーに貼《は》りつけた。「**このスペックのポルシェは、世界でたった一台しかないんだぞ**」。白洲の得意げな顔は忘れられない。

ある日、白洲はポルシェで出かけて、メルセデスに乗って帰ってきたことがあった。聞いてみると、「**トヨタがソアラをモデルチェンジすると**（豊田）**章一郎君が言っていたので、参考にしなさいとポルシェは置いてきた**」という。そして、豊田さんの指示で開発担当のチーフ・エンジニア、岡田稔弘氏が白洲にアドバイスを求めてこられた。セカンドカーとして初代ソアラも愛用していた白洲は、ハンドルの回転半径やバッテリーの容量など、かなり専門的な細かいサゼッションを手紙に書きのこしている。さすがは〝オイリーボーイ・ジロー〟らしく、「**かけがえのない**（No Substitute）**車を目指せ**」と岡田氏にはっぱをかけていたが、残念ながら、改良なったニュー・ソアラの完成直前に亡くなり、試乗することは叶《かな》わなかった。

白洲のアドバイスによって完成したニュー・ソアラを、豊田章一郎さんのお招きで正子が工場に見に行った。開発にかかわった方々の情熱と新しいモデルの優美なシルエットに心を打たれた正子は、刷毛《はけ》目の徳利《とっくり》でも買うように「**買った！**」と叫んだそうで、なんと無免許の白洲正子名義のソアラが、十年も我が家にあった次第。正子は若い頃、次郎に運転を習い始めたのだが、ゴルフやテニスでも同じように世の中によくある話で、夫婦で大喧嘩となり、それ以来ハンドルを握ることはなかった。

私は残念ながら、次郎のポルシェに乗せてもらったことは何回もあるが、運転したことはない。桂子は何回か運転したそうだが、私はそのドライバーズシートだけは、白洲の特別なプライベート空間、ＤＥＮ（隠れ家）のような感じがして、座る気にはならなかった。

その反動なのだろうか、白洲が亡くなって数年後、私はポルシェ９４４クラブスポーツを求めた。それを十年以上も楽しんで、やっとわかったことがある。

イギリス育ちの白洲が、なぜ最後にドイツのポルシェを選んだのか――。国営化や労働争議、アメリカ資本による買収などですっかり"No Substitute"でなくなってしまった英国車よりも、若い頃に親しんだベントレーやブガッティのちょっと無骨だが力ずくで言うことを聞かせたくなるようなマシンの匂《にお》いを、一九六八年製ポルシェ９１１Ｓというマニアックな車の固めのバケットシートのコックピットに、思い出していたのだ。

七十年近いドライビングを十分に楽しんだ後、白洲は家族の忠告もあって、八十歳で車のイグニッションキーをテーブルの上に置いた。それが、オイリーボーイとしての最後だった。

武相荘をオープンして十年目の二〇一一年正月、エポックメイキングな事が再び起こった。白洲がポルシェやメルセデス・ベンツを停めていたガレージに、なんと一九一六年アメリカ製のペイジ・グレンブルックＳｉｘ－38モデルが鎮座することになったのだ。次郎が十七歳、旧制中学生のときに父親から初めて買ってもらい、神戸で稲垣足穂さんを乗せた車と同年型。ＮＨＫドラマの中で実際に使われたもので、涌井さんが好意で持ってきてくださった。百年近くたってもまだ立派に公道を走れる逸物で、それは自動車というより優雅な馬車の趣である。

少年の次郎が最先端のモーターカーに惹《ひ》かれ、疾走していた頃。この車はその時代の息吹《いぶき》をいきいきと感じさせてくれる。

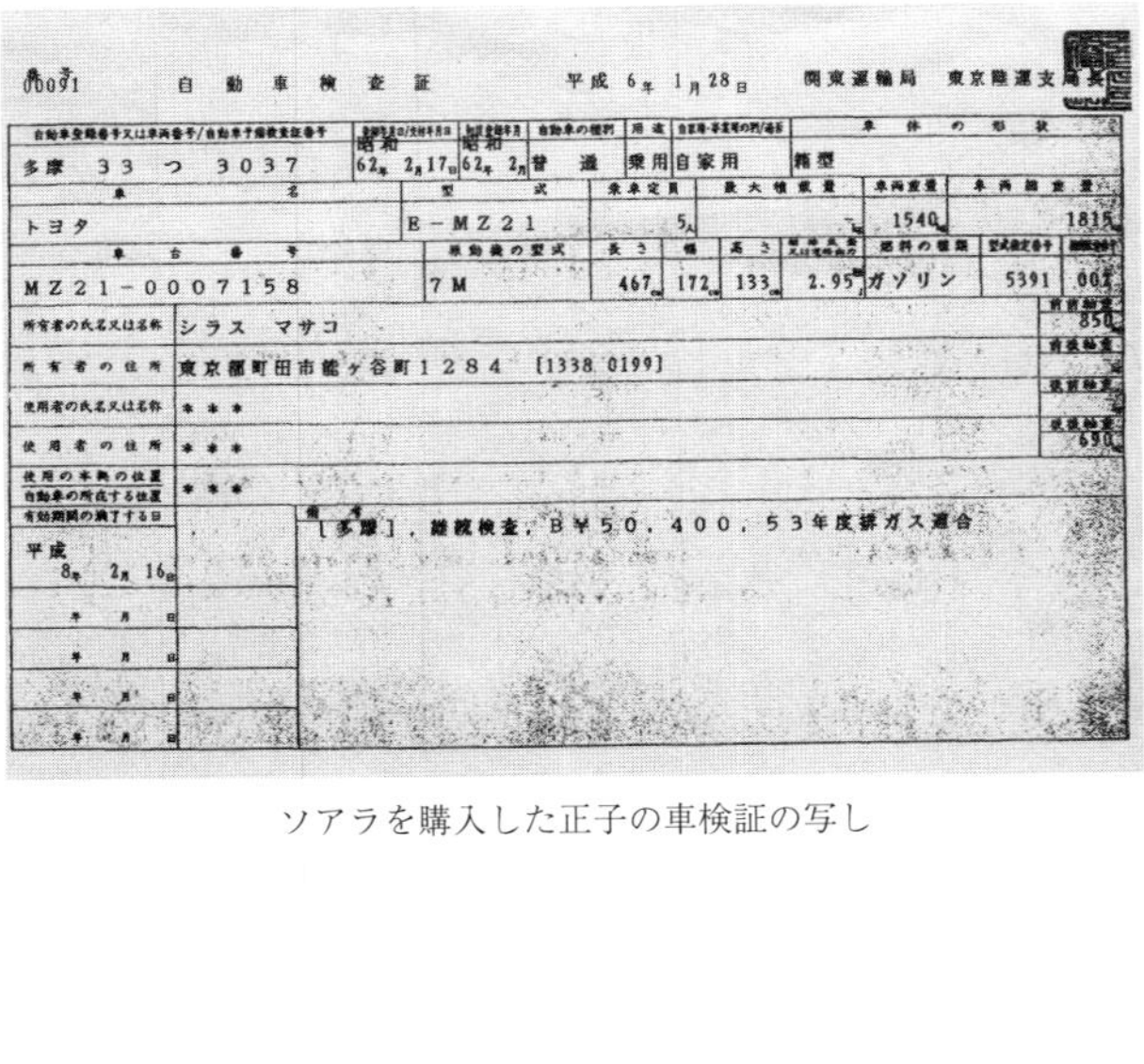

番号 00091
自動車検査証
平成6年1月28日
関東運輸局 東京陸運支局長
自動車登録番号又は車両番号/自動車予備検査証番号
多摩 33 つ 3037
昭和62年2月17日
昭和62年2月
普通
乗用
自家用
車体の形状
箱型
車名
トヨタ
型式
E－MZ21
乗車定員
5人
最大積載量
車両重量
1540kg
車両総重量
1815kg
車台番号
MZ21－0007158
原動機の型式
7M
長さ
467cm
幅
172cm
高さ
133cm
2.95l
燃料の種類
ガソリン
5391
007
所有者の氏名又は名称
シラス マサコ
所有者の住所
東京都町田市能ヶ谷町1284 [1338 0199]
使用者の氏名又は名称
＊＊＊
使用者の住所
＊＊＊
使用の本拠の位置

850
690
有効期間の満了する日
平成8年2月16日
備考
[多摩]，継続検査，B¥50，400，53年度排ガス適合

ソアラを購入した正子の車検証の写し

三　仕事と友情と

公私混同するなかれ

――「君と僕との関係は個人的なものに留めておこうよ」

「あいつは俺にベンツを売りつけて、代金のほかに娘まで持っていきやがった」

これは私が気に入っている白洲のジョークの一つだ。事実は、白洲が海外の友人からプレゼントされたメルセデス・ベンツ280SEクーペを、当時総代理店であったヤナセを通じて個人輸入しようとして、娘の友だちの一人である私がたまたまヤナセでフォルクスワーゲンのセールスをしていたので、誰か手続きのわかる人を紹介せよと言われ、私が橋渡しをしたのである。それだけのことだ。

実際その数年後、大事な娘と結婚したのだから致し方ないのだが、白洲は日ごろ桂子に、「Salesman is not a gentleman」と嫌味を言っていたそうだ。当時英語を習っていたイギリス人の老婦人に、義理の親父《おやじ》がそういっていると訴えると、そんなら「Gentleman is born, not made」と言い返しておやりと、一緒に憤慨してくださったことがあった。

もっとも、もう一つ、これも私の気に入っている白洲の台詞《せりふ》だが、「あいつはもしかすると大したやつかもしれない、何しろ俺様の娘をとりあえず黙らせているから」というのもある。これはむろん私たちが結婚してからの台詞。実質数年で通用しないジョークになってしまったが。

結婚して何年か経《た》ったある日、白洲から「君、いつまでぺこぺこ頭下げてクルマ売ってる気なんだ。仕事変わったらどうだ」と言われた。「どうすればいいんですか?」と聞くと、「堤清二のとこへ行け」と言う。西武百貨店は念願の渋谷進出に合わせて、人材を外部から導入しようとしていた時でもあった。白洲が段取りをしてくれて、副社長の面接を受けにいったところ、「君は外車のセールスとして優秀だそうだから、うちの子会社でフィアットを売らないか。高給で優遇するよ」と言われた。私としてはちょうどクルマを売ることに飽き始めていたうえに、白洲の一言も気になっていたので、まったく違う仕事をしたいと思っていたから、「お言葉ですが私は業界一の外車ディーラーのヤナセで、フォルクスワーゲンのセールスナンバーワンを何年も張り、ドイツ本社から金メダルを貰《もら》いました。いまさら他の車を売る気はありません」と返した。「そうか。だけどクルマのセールスの世界ではそういう引抜きもあるんだろ?」「それは一昔前の歩合制のセールスの時代の話だと思います。銀座のホステスでもあるまいし嫌です」と申し上げたら副社長は困った顔をされ、「でも君、三十歳過ぎて転職といったって、どうするんだい？」と呑気《のんき》におっしゃる。いまさら冗談言うない、こっちは白洲が口を利《き》いてくれた話だから、手順は踏まねばと思っていたので、ヤナセには退職の意向を伝え済みで、後へは引けない。あまり話も通じてない様子だが仕方がないので、えい儘《まま》よとばかり、「今は曲がりなりにも課長という管理職の端くれですが、新しいことをやりたくて伺ったのです。雑巾《ぞうきん》がけでもさせてください」と言ったところ、「分かった」と、給料は現状より十パーセントダウンの係長職で外商部員として採用された。

ちょうど当時セゾングループは脱百貨店を標榜《ひょうぼう》していて、私は百貨店の勤務経験のないことも幸いしたのか、その後は新しい分野や面白いテーマばかりを任せてもらった。日本初、レコードなどの音楽のメッカとなった六本木「ＷＡＶＥ」や面白生活雑貨専門店「ＬＯＦＴ」など、立案からオープンまでを担当することができた。白洲が亡《な》くなった後も、堤さんのえこひいきもあって、後には役付取締役にもなり、セゾングループの最後の楽しい時期を享受《きょうじゅ》することができたのはとても幸せなことであった。

入社して半年たらずの時のこと。外商の一つの課を任されたので、張りきって新規開拓とばかり、白洲が顧問をしていた関係で知り合いになった大洋漁業の秘書課長を、白洲に無断で旧丸ビルの本社に訪ねた。話し始めた時、薄暗い廊下の向こうから大男、紛れもない白洲が歩いてくるではないか。しまった、とは思ったが時既に遅し。

「君ここで何してるんだ?」「中元の注文でもいただこうかと思って」「ふーん」

そう言ったきり通り過ぎていった。だが数日後、家で会うなり「あのなあ、君と僕との関係は個人的なものに留めておこうよ」と言われてしまった。

日頃から、白洲は「友人の友人は必ずしも友人ではない。皆、簡単に私が責任を持つ、などと言うが、どうやって責任が取れるものか」、また「リーダーたるべき人間は好かれたら終わり。七割の人に煙たがられなければ本物ではない」「良い人といわれる人とは付き合うな。きっと嘘《うそ》をついているに違いない」などとも言っていた。安易な慣例に乗って事が処理されるのをとても嫌がり、常に原点に返って筋を通そうとしていたのだ。

それでも、名刺の安売りをする日本的代議士の孫としては面白くなかった。家内には「君の親父は俺に就職の世話をしたのに、冷たいじゃないか」と八つ当たりしてみたものの、後で考えてみればとても行儀が悪かったと反省している。

一方で、それからしばらくして、官庁がらみの食用海老《えび》の入札に参加して落としたものの、手違いで品物の手当が付かずに困り果て、うちに帰ってから白洲にこぼしたことがあった。白洲はあまり熱心に話を聞いているふうでもなかったので、全く期待していなかったのだが、あくる日、「**大洋漁業の某部長が待っているから電話しろ。海老なんかいくらでも用意してやると言ってたぞ**」とぶっきらぼうに言いながら、メモを渡してくれた。

元々いいかげんな私でも、遅ればせながら、こういう態度で事を処する義父母に何年も接するうちに、また自分の社内の地位も少しずつ上がるにつれ、公私混同を極力しないよう努めるようになった。そうなると今度は引っ込みがつかなくなり、たまに会社に取引先から中元や歳暮などが私宛《あて》に届いた時は、「これ持って帰ったら、かみさんが喜ぶだろうな。会社に送ってくるなんて気が利かねえな」などと心で思いつつ、「オイ、なんか送ってきたぞ。皆で分けようぜ」とやる。遂《つい》には、恥ずかしながら西武百貨店の仕入れの総責任者になった時などは、中元歳暮時には問屋さんやメーカーさんから二百個ぐらいの取扱食品が自宅宛に送られてくるようになってしまったので、わざわざ自分の車を運転してえっちらおっちら会社に持っていき、正月三が日に出社している女子社員などに配った。そうなると事務のおばさま方はよく見ているもので、「牧山さんは偉い。もう一人の常務は到来物を机の下でごそごそ詰め替えて持って帰る」などと言って、こちらの株は上がるばかり。引くに引けず、どんどんやせ我慢するようになってしまったが、本質的には「わが上司、接待のときだけ太っ腹」という川柳が大好きな私としては、進歩したというには、はなはだ疑わしい心情ではある。だが、こういった事の処し方が少しでもできるようになったのも白洲の影響であることは間違いなく、その後のビジネスの進め方でずいぶん役に立ったような気がして感謝している。

大洋漁業といえば、ある日、白洲が長男のお嫁さんに、海老の良いのが大量に入ったので分けてくれるといっているけれど何キロぐらい欲しいか、と聞いた時、「おじちゃま、大きな会社はそんなこと言ってるから駄目なのよ。海老は高いから、主婦は一匹、二匹と言って買うのよ」とやられてしまった。白洲はそれがいたく気に入ったらしく、早速重役会で「君達、そんなこと言ってるから儲《もう》からないんだ、消費者は海老を一匹、二匹と数えるんだ、と叱《しか》ってやったら皆感心して聞いてたぞ」と、嬉《うれ》しそうに報告していた。

夜中の対決

――「僕はねえ、口が堅いからここまで生きてこられたんだ」

数十年前、私がまだ西武百貨店の部長だった頃のことである。白洲は百年も続いた名門商社、大沢商会の大沢善夫社長と若い頃から親しく、軽井沢の別荘も隣同士の長いお付き合いだった。ある日、庭伝いにやってきた大沢社長から、自分は体調が優れず息子に跡を継がせるが、なにぶん若いので、次郎さん悪いけど、どうしても後見人になってやってくれ、と懇願された。白洲は何年間か会長職を引き受けていたが、**「どうもこの頃あいつ**（社長）**は俺を煙たがって隠し事をするようになった。会長なんかやってられないから辞めるぞ」**と言って辞任してしまった。ところがその話を聞いた桂子は、「何言ってるのよ。大沢のおじさまは、だからパパに頼んだんじゃないの。そんなの無責任よ！」と大変な剣幕で父親に苦言を呈し、まったく遠慮がない。やはり白洲家の人を敵にまわしたら恐ろしい、と思わずにはいられない。

それからだいぶ経ったある日、白洲に**「君、**（堤）**清二君のところへ行って、どう**

も大沢商会が厳しいようなので相談に乗ってもらえまいかと、俺が言っていると伝えてくれ」と言われた。そこで堤氏に面会を求め伝えたら、しばらくして堤氏に呼ばれ、「ちょっと調べたけれど、大沢は相当ひどい状態なのでもう助けられない。でもおじさんの頼みなので一家の面倒ぐらいは何とかすると（白洲さんに）言ってくれ」とのこと。それを白洲に伝えたところ、「やっぱりそうか。分かった。有難う」と悲しそうに言って、黙りこんでしまった。

その数か月後、白洲が「昨日あいつ（社長）が来て初めて、経営が苦しくなった、おじさまは西武の堤さんと親しいようなので紹介していただけませんか？　と言って来た。バカヤロー、俺はもうとっくに堤君に相談して断られたんだ、同じ話を二度頼むわけにはいかない。でも、俺の顔で会うだけ会ってやってくれと頼んでやる、と（社長に）言ったので、悪いけれど清二君にもう一回伝えてくれないか」と私に言った。そんなやりとりが数度あった後、結局は残念ながら、当時としては珍しい商社の大型倒産となってしまったけれど、倒産発表の前日、大沢商会の株価がなぜか十円高だったのを、どきどきしながら見ていた。

その後も白洲が動いて水面下で大沢商会の再建計画が練られ、ペーペーのメッセンジャーボーイの役にしか過ぎなかった私も、経済ドラマの一端を演じている興奮を味わった。

ある夜、我が家の隣の白洲の家で、食後、スコッチの水割りを皆で楽しんでいたら、食堂のガラス戸を激しく叩《たた》く音がする。何事かと出てみると、戸口に一人の男が立っていて、「夜分に申し訳ありません。読売新聞の経済部記者何々と申しますが、白洲先生はご在宅ですか？」と言う。後ろから白洲が浴衣《ゆかた》姿でグラス片手に「**何だ、夜中に**」と言った。「先生は大沢商会の再建計画について、某大手小売業のオーナーと極秘裡《り》に相談されておられるようですが、そのことについてお聞きしたいのです」。

図星でもあるし、ある意味では当事者としてある程度中身を承知している私は、おたおたした。だが、さんざん新聞記者を相手にしながらGHQと渡り合った男は平然と、「**僕は何にも知らんよ。知っていたとしても何も喋《しゃべ》らんよ。僕はねえ、口が堅いからここまで生きてこられたんだ**」。その記者さんも潔《いさぎよ》く、それ以上追及することを諦《あきら》め、「失礼しました」と帰っていかれた。ちょっとカッコいいシーンとして、はっきり憶《おぼ》えている。

その後は、牛丼《ぎゅうどん》の吉野家《よしのや》の再建人として成功した後だったこともあって、堤氏は白洲からやや強引に法定管財人を押し付けられ、再建の苦難の道を歩むことになる。私もこうした因縁で西武から大沢商会に送り込まれ、更生計画の結了を担《にな》うことになってしまった。それは白洲が亡くなって十数年後のことだった。お前も義理の親父に替わって少しは後始末を手伝え、という堤氏の一種のロマンではなかったかと、今では思っている。

白洲は私に清二君のところへ就職しろ、というぐらい堤氏とは親しい間柄だったのだから、本人が直接連絡するほうがよほど簡単なのに、私に連絡役を敢《あ》えてやらせたのは、一部長ぐらいの分際では、西武という大きな企業組織の中で、神様である堤清二にあまりお目通り願えないだろうから、せめてチャンスを与えてやろうとしてくれたのではないだろうか。ありがたいことだと桂子に話すと、相変わらずにべもなく、

「パパはそんなに優しくないわよ。自分で電話するのがめんどうくさかっただけよ」

と、義父と婿《むこ》さんの淡い男のロマンを認めようとしない。

肝を冷やした一言

――「あら、この子は人一倍恥を知っているわよ」

先日、堤氏に久しぶりにお目にかかったら、「おじさん（白洲）は外務省嫌いだったが、同じぐらい、いわゆる財界人が嫌いだったなあ」と言われた。しかし白洲はよく「清二君は他の若手経営者と違って、人懐《なつ》っこくおじさん、おじさんと寄ってきて可愛《かわい》いところがある」と口にして、遠い縁戚《えんせき》でもあり、付き合いの長い堤氏に、軽井沢ゴルフ倶楽部《くらぶ》への入会を勧めていた。

確かに白洲は、日ごろからある種の財界人について、

「困ったときだけ大変だ大変だと大騒ぎして、政府に助けてくれと泣きついてくるが、それで儲かったときは知らぬ顔の半兵衛《はんべえ》を決め込む。プリンシプルもなく、走り出したバスに飛び乗るのがうまいだけだ」

「金を儲けるのは一代でできる。金を失うのも一代でできる。だけど金の使い方を覚えるのは三代かかる」

「皆、運がよくて権力を握っただけなのに、それを自分の能力だと思い込んでいる馬《ば》鹿《か》がたくさんいる」

などと吼《ほ》えていた。

そういえば、若い頃から上昇志向の強かった私は、白洲の娘と結婚したせいで、これは出世を諦めなければいけないのか、と思ったことが三回あった。

最初のそれは、前述した赤坂のフレンチレストランでの私たちの小ぶりな結婚披露宴でのことだった。父の友人でもあるヤナセの梁瀬次郎社長を我が方の主賓としてお呼びした。最初から挨拶《あいさつ》や乾杯の類《たぐい》は一切なしと決めていたのだが、宴たけなわの時、父がそっと来て「本当に挨拶なしか？　梁瀬さんが挨拶しなくてよいのか？　この際ひとつ発表することを用意してきたのだが、と言っておられるので、何とかしろよ」と言う。桂子は「駄目」の一言。寂しそうな白洲をあまり刺激したくないと思った私も、だめだと父に伝えたが、後で聞けば、梁瀬さんはこの日に合わせて、ヤナセ始まって以来のスピード出世記録更新となる係長任命辞令を懐《ふところ》に用意してくださっていたとのこと。肝を冷やしたが、幸い取り消されることはなかった。

次は正子さん。堤さんとも無論旧知の仲で、ある日池袋の西武百貨店のレストランで堤さん、正子と私の三人で昼食を摂《と》りながら、当時西武と提携関係にあった世界のトップデザイナー、イヴ・サンローラン氏を日本に招聘《しょうへい》するコミッティーのホステス役を、正子に引き受けてもらうための下打ち合わせをしていた時のことだ。堤さんが正子にお世辞で、あなたの婿さんは物怖《ものお》じしないでどんどん仕事をするというようなことを言おうとして、ちょっと言葉を間違えたのか、詩人としての彼独特の皮肉があったのか、「牧山君はどんな相手にも態度を変えないで向かって行き、恥を知らない」と言った。そのとたん、正子は大真面目《おおまじめ》な顔で「**あら、この子は人一倍恥を知っているわよ**」と叫んだのである。

なんといっても、堤さんはセゾングループのオーナー会長として、我々部長や役員にとって生殺与奪の権を握る神である。経営方針や重要な出店計画のプレゼンテーションなどの御前会議などでは（じつは堤会長以外は事前に根回しが済んでいる）、説明内容が面白くないと、途中でぷいっと会議室から出て行ってしまい、しばらくして帰ってくるなり、（幸い私は一度もやられたことはないが）「君は何年人間をやっているんだ？」とか、「君はどこの小学校を出たんだ。そこにバケツを持って立っていろ」などと言い放つ。目の前の書類を細かくちぎって灰皿に入れ始めたらもう一巻の終わりだ。一同凍りつくことも度々あったが、さすがに怒り過ぎたと思ったときの詩人はリカバリーがうまかった。「これはどうなっているんだ？」という問いかけに、担当者が「それについては、近々に別途ご報告いたします」などと言おうものなら、すかさず「君、さっきからキンキン、キンキンと言ってるが、ここにはケロンパはいないのか?」。また、「まじめな顔してふざけちゃってさ」「この提案は中身がない。あえて言えば初々《ういうい》しいというのは認めてやろう」などと来る。こんな事もあった。百貨店業の将来を危惧《きぐ》した堤さんが、ご多分に漏れず事業の多角化を考えろと指示し幾つかプランを練って提案をしたところ、堤会長は言下に「君たちはこれで鳥になれると思っているだろうが、これらは全《すべ》てムササビにしか過ぎない。万が一上手《うま》くいっても飛翔《ひしょう》ではなく滑空に過ぎない、所詮《しょせん》直ぐに地に落ちる」とのたもうて、ごもっともと引き下がったこともある。げらげら笑うわけにもいかないが、ちょっとほっとして先に進むことができる。私が当事者の時は、偉大なる詩人とのやり取りを結構楽しませてもらった。

正子の叫びにも肝を冷やした私ではあるが、もちろんそんなことで、堤さんが怒ることなどまったくなかった。

さて三つ目は、家内の桂子である。私が部長だったある時、社長以下経営陣が幹部社員とその夫人をパーティーに招待し、慰労してくれたことがあった。当時の社長が家内のところに来て、「奥さん何かご不満はありませんか?」と尋ねるや、桂子は

「給料が安い！」と即答。びっくりした社長の「あ、そんなに安いですか？」に、また「安い！」と一言。確かに給料はあまり高くはない会社であったが、それでも私のは既に部長職のトップクラスであったので、家に帰って「あんまり無茶言うなよ。出世の邪魔するな」と言うと、「だって親から思ったことは口に出してすぐ言え、と教わってきたんだもん」と来た。つくづくこの女はサラリーマンの女房には向いてないなと思ったが、不思議なことに、翌年の初めに給料が少し上がったのにはびっくりした。しかし「ホレ見ろ、もう一回言いに行ってやろうか？」などと言われてはかなわないので、このことはしばらく桂子に内緒にしておいた。

白洲会長、大弱り
――「松公のやつ、いいかげんなこと書きやがって」

白洲が私の義父になったのが昭和四十年。白洲は昭和三十四年に東北電力の会長を退任し、以後は公的な仕事を一切辞したので、残念ながら私は白洲の現役バリバリの仕事ぶりに接したことはない。仕事で白洲と付き合いのあった方々もいまではおおむね故人になられ、当時を知る由《よし》もない。白洲の現役時代のエピソードなどは『風の男白洲次郎』等に詳しく描かれているので、そちらもご覧いただきたいが、この間、私なりに調べ、いろいろな方にお会いしてお聞きできたことがある。それをいくつか紹介したい。

〈皆さん　　　　　　　　　　　　　　　　　　白洲次郎

この度東北電力株式会社に御厄介になることになりました。皆様とは全部初対面なのですがその内にお互によく知り合って仲よくやって行ける事と思いますが、何分相当な変り者との世間の評判ですからよろしくお願い致します。

日本の経済復興は電源の開発なくしては絶対にないということは今更いうまでもありません。どんな経済復興の問題を研究しても結局は皆んな電力をもっと廉《やす》く、もっと豊かにということ以外にはありません。国家に於《お》いてもそうなのですから、諸君の郷土東北地方に於ても勿論《もちろん》そうです。東北の文化とか東北の生活の向上とかを論ずる時に起って来る問題は又同じで、もっと廉くもっと豊かな電力ということです。この問題を克服するには色々の困難が前途にあるのは勿論です。敗戦の結果日本の国は破産しています。国民も又皆んな貧乏です。この貧乏から立ち上って立派に目的をやりとげることは又仕甲斐《しがい》のあることではありませんか。こんなことに敗《ま》けるものかという気持が一番大切なことゝ思います。

希望と信念と勤労、この三拍子が揃《そろ》うことが大事です。

皆さんお互に仲よくしっかりやりましょう。〉

これは、東北電力株式会社創設時の社誌（昭和二十六年七月の創刊号）に白洲が寄稿した巻頭の挨拶文だ。会長就任当時の率直な気持ちを全社員にぶつけている。

以下は、秘書役だった方の話である。

白洲は東北に出張した折、正子を同道する場合は、公私のけじめを示し、すべて個人負担を通したという。労働組合の幹部と会う際にも、会社の寮に昼食が用意されていたが、白洲は、社員寮は社員の厚生慰安に利用すべきところであると断って、場所を変えて懇談したそうだ。

帰京の途中、福島駅で、県知事が無理やり駅長室に引っ張り込もうとするのを頑として拒絶。終戦連絡中央事務局次長や貿易庁長官時代と一線を画し、上衣を肩に引っ掛けた一市井人《しせいじん》を貫いて列車に乗り込んだとか。

また、昭和二十六年、初の電気料金値上げ改定を申請した時、白洲は会長の報酬は半額とする旨《むね》自ら申し出て、まわりは困ったようだが実行したそうだ。

社員の評判も上々だった様子。白洲さんは紳士であるが、地方のダム工事現場などでは人を喰ったしぐさを見せたり、お茶目ぶりを発揮したり、ちょっと野人趣味があって、勇み肌なところもあり、とても照れ屋で、側近からちやほやされるのを何より嫌っていた、等々、社内報の小さなコラムで語られている。

現場好きの白洲は、必ず自分で車を運転し、ゴム長靴を履いていったので有名だったそうだ。だがどうやら雨男だったようで、必ず雨が降り、しまいには現場からあまり来ないでくれと言われる始末だった。それでも必ず社員宅にチョコレートやキャンディを配り、夜は現場の人たちと酒を酌《く》み交わし、苦労話を聞かされると感激して涙を流したそうで、大人気だった。秘書の話によると、白洲はどちらかというと泣き上戸だったという。なるほど見かけによらず、たしかに白洲は水戸黄門のテレビドラマや、廣澤虎造《ひろさわとらぞう》の浪花節《なにわ》が大好きだった。

これも当時の秘書の方の話だが、白洲は文藝春秋の文壇ゴルフの仲間になぜか入っており、丹羽《にわ》文雄、川口松太郎、小林秀雄、里見弴氏などとも交流があった。白洲自身も依頼を受けて「文藝春秋」に随筆を書いた。その清書を手伝わされた秘書氏いわく、原稿料は一枚千五百円にしてくれ、と白洲が電話しているのを聞いて、珍しく金のことを言っていると不思議に思ったが、当時白洲正子の原稿料が一枚千円だったので、その上を行って鼻を明かしてやりたかったのだ、と判《わか》って納得したそうだ。

川口松太郎、三益《みます》愛子夫妻とは家族ぐるみのお付き合いであり、子息の俳優、川口浩氏の仲人《なこうど》を引き受けたりしていたが、川口松太郎氏の小説『夜の蝶《ちょう》』やその映画が話題になった時は、白洲もだいぶ焦《あせ》ったようだ。白沢一郎と彼をめぐるバーのマダムの三角関係のドラマで、白洲がモデルであることは、かなりぼかしてあっても明白。白洲は「**松公のやつ、いいかげんなこと書きやがって**」と言っていたそうだが、当時の秘書さんによると、「白洲会長は実際は大弱りをされていました。だいぶ本当のことが書いてあり、私もヒヤヒヤしました」。

白洲の仕事ぶりを長年身近に見て、その下で実行の辣腕《らつわん》をふるった方に、当時商工省の若手バリバリのキャリア、永山時雄さんがいた。生前、貴重な話を直接お聞きすることができた。敗戦によって壊滅状態の日本の経済復興は、従来型の国内生産優位の産業の充実よりも、貿易による輸出産業立国として推進すべしと考えていた吉田茂と白洲は、従来の商工省と、敗戦であまり海外活動のできない外務省と、貿易庁をも合併した新しい組織にして、当時としては破天荒な通商優先の機関に改変しようとしていた。その真意を探るべく、商工省から送り込まれたのが永山さんだ。御本人も認めているが、日本の将来の展望について、すぐに白洲と一致し、意気投合してその路線を実行に移す推進役になり、「ミイラ取りがミイラになった」と揶揄《やゆ》されたそうだ。元々戦後の混乱期でもあり、少ないビジネスの利権に大勢が群がり、汚職の代名詞にもなっていた「貿易庁」の評判に、業《ごう》を煮やしたマッカーサーが珍しく直々のご指名で白洲が長官となったわけだが、白洲はすぐに貿易庁を廃止してしまった。敗戦で軍事力のすべてを放棄した平和国家日本の生きる道は経済外交である、という共通の認

東北電力会長時代の次郎（2点とも）

識のもと、通商産業省にまとめるという荒療治を、吉田、白洲、永山のラインで敢行したと、永山さんは懐かしそうに語った。

そのほか、敗戦直後の食糧の緊急輸入から始まって、旧体制の破壊すなわち華族制度の廃止、戦前の支配階級の追放、財閥解体、治安防衛関係、新憲法の制定など、白洲さんの手に掛からなかったものはほとんどなかった、と永山さんは言う。マッカーサー司令部のスタッフは、種々の生煮え構想を実験台として日本に強いてきたが、これも白洲さんは堂々たる態度で、不合理なものは一切拒否。ことの次第について自ら喋ることはせず、用事がすめばさっさと鶴川に帰ってしまい、新聞記者と会うことを避け、煙幕を張って自分が重要事項に関わっていることが表に出ることを極力避け、終戦から講和条約までの六年足らずのきわめて短い期間に、日本のその後の展開に大きな影響をもたらした。「今にして思えば、白洲さんはどうせ喋らなかったろうが、もっと話を聞いておけば良かったと残念に思う」と言われた。

永山さんはその後も電力事業民営化再編に関わった。

「東北電力の大水力発電による供給電力を飛躍的に伸ばすという難事業も、白洲さんでなければ絶対にできなかったが、完成させると御自分の責任は終わったと、さっさと辞めて後継者に任せるという信条は、見事でした。大柄で一見怖そうだが、じつはとても明るく開放的で、話も面白く、ユーモアもあり洒脱《しゃだつ》な人で、友人の間ではジローさんと呼ばれるとてもシャイな人でした」

そう熱く語ってくださった。

その後も白洲の口説きで昭和シェル石油の会長に就き、永山さんと白洲は終生お付き合いをしていた。白洲が亡くなった時、永山さんは、白洲の遺族の面倒は俺に任せろ、とおっしゃってくださったが、幸いにも私たちはお世話にならずにすんだ。

中部電力の常務を長年務められた阿部大六氏は、たまたま私の妹の義父であったので、電力再編時の面白い昔話を直接お聞きすることができた。

電力民営化計画の準備室に勤務していた阿部さん（当時四十八歳）は、ある日、会長の松永安左エ門氏（当時七十二歳）の部屋から、「**そんなのは爺《じい》さんの論理であって世間には通用しませんよ**」という大声を聞いたという。「電力の鬼」と呼ばれ怖《おそ》れられていた松永さんに対して、そんな大それた口を利くのはどこのどいつだと、恐る恐るそっとドアの隙間《すきま》から中を覗《のぞ》くと、なんと白洲君（当時四十五歳）が会長のデスクに横座りして怒鳴っていた。阿部さんは腰が抜けるほどびっくりしたと、話してくださった。

これも、なんとも白洲の面目躍如たるシーンが思い浮かぶ話である。

生涯唯一《ゆいいつ》の負け戦
——「今日は殺されるかもしれないが、言うべきことだけは言おうと思っていた」

武相荘をオープンしたての十数年前、来場者の七割が中高年の女の方で、そのほとんどが白洲正子の著作のファンであった。白洲次郎の写真をご覧になると、「アラ、正子さんのご主人て素敵ね。何をなさっていた方?」という声がほとんどだった。

初めて次郎のことを書いた青柳恵介氏の著作『風の男　白洲次郎』は、白洲の死後五年経ってから、生前親しくお付き合いをしていた麻生和子、犬丸一郎、加川隆明、小林與三次《よそじ》、堤清二、中部慶次郎、宮沢喜一、渥美健夫《あつみたけお》、玉川敏雄、豊田章一郎、盛田昭夫《あきお》、永山時雄の各氏が、白洲のユニークな言行や人柄を懐かしがってくださり、正子に働きかけてポケットマネーを出し合い、非売品の私家本として仲間内に配られたものである。そこからさらに七年後、新潮社から市販された。それまで白洲の名は、終戦記念日か憲法記念日の新聞に、思い出したように出てくる程度だった。

十年以上前のことだが、終戦時東大生で後に大手総合商社のトップとなったいわゆるインテリのリーダーに、『風の男』と白洲の著作『プリンシプルのない日本』を差し上げる機会があった。そのひと月後にお目にかかったところ、「牧山君、僕は君の義理のお父さんのことを全く誤解していた。こっちは赤い旗を振っていた時期もあって、今まで長いこと、白洲なんてのは英語かぶれのきざな、ただの西洋好きと思い込んでいた。君のくれた本を読んで、大変な勘違いをしていた自分を恥ずかしく思う。本当に申し訳ないことをした」と言われた。それまで白洲のことをよく知る術《すべ》などなかったわけであるし、そんなことはまったく仕方のないことだと思う。

しかしその後は、テレビ番組で取り上げられたり、雑誌に特集されたりで、白洲は急に有名人になってしまった。

時代の要請もあるのだろうが、相次ぐ出版物やNHKのドラマなどで〝白洲正子さんのご主人〟からスピード出世した白洲次郎は、日々「育って」いるようだ。いつの間にか、ゴルフの腕前はハンディキャップ8が2になり、身長は一七五センチが一八五センチになった。終戦連絡中央事務局次長時代、GHQと折衝に当たっている時には、マッカーサー元帥《げんすい》を叱り飛ばしたらしい、という話になった。この調子だと、あと五年もすると、ゴルフの腕前はタイガー・ウッズを超え、身体《からだ》は横綱白鵬《はくほう》より大きくなるのは確実だが、白洲は断じてマッカーサーを怒鳴りつけるほど無礼な人ではなかったと、桂子と私は話している。

真相は今となっては確かめようもないが、出所は、天皇からの贈り物をマッカーサーへ届けた時の情景と心情を、親しくしていた河上徹太郎さんに、ちょっと大げさに白洲が話したのを、面白く書かれたのが始まりのようだ。実際には、白洲は「マッカーサーは大変な役者であった」とも、「彼の人の良さのおかげで日本はだいぶ救われた」とも言っていた。白洲とマッカーサーは、無論そのときの立場や地位の違いはわきまえた上で、ある種の気脈は通じていたようだ。

一九四七年六月、終戦連絡中央事務局次長を退任するにあたり、白洲は個人的に、自らデザインした木製のがっしりした椅子《いす》を近所の工房で特別に作らせた。そして、占領下におけるマッカーサー元帥の指揮振りに対して鄭重《ていちょう》な謝意と賞賛を述べた手紙を添え、元帥にその椅子を贈った。副官のバンカー大佐に託されたのは、これも鄭重な、マッカーサーからのお礼の手紙だった。

マッカーサーはその椅子を大切に使ってくれていたようで、今でもバージニア州ノーフォークにあるマッカーサー記念館に、そのときやり取りした手紙とともに展示されている。

そもそも、白洲はどうして終戦連絡中央事務局参与（のちに次長）など引き受けたのか。

英国の貿易会社や日本の水産会社の役員であった白洲は、第二次世界大戦末期の一九四三年、英国風に早めの引退を決め込み、その退職金で手に入れた武相荘で農業に従事しながらカントリージェントルマンを気取り、隠遁《いんとん》生活を楽しんでいた。不幸にも敗戦を迎え、旧知の吉田茂さん（当時外務大臣）から連絡があった。「君の語学力とその鼻っ柱の強さで、からっきし意気地のなくなった役人どもを鼓舞し、占領軍と戦ってくれ」と熱心に請《こ》われたという。白洲はいったん固辞したのだが、吉田さんは義父樺山愛輔との縁もあり、正子は〝吉田のおじ様〟と呼んでいた永いお付き合い。白洲本人も吉田さんが英国大使の頃から親交が深く、二十四歳違いの同じ寅年《とらどし》の大好きなおじさんとあっては、やはり断りきれず、意気に感じて引き受けたようだ。白洲は、**「一度は真っ平御免と断ったけれど、最後は涙もろくて人の良い大好きな吉田のオジサンの頼みでは断れない、というのが唯一の理由で引き受けた」**と、よく話していた。

ちなみに、白洲が引き受けたおかげで、当時はまだ共同電話だった武相荘周辺は、あっという間に電話回線が世田谷通りを伝って、駅の方から白洲のうちを目がけて電信柱が立ち始め、武相荘には三十二番という番号の電話が引かれた。その電信柱は、電話工事業者の間ではいまだに白洲線、白洲柱と呼ばれているそうだ。

しかし、その結果敗戦処理に巻きこまれた白洲は、連日、新聞で〝昭和のラスプーチン〟〝吉田の黒幕〟〝側近政治〟〝売国奴《ど》〟などと叩かれ、政官界や民間会社の主要人事に嘴《くちばし》を挟むかのごとく書きたてられた。白洲本人はのちに、「聞かれれば意見は言うが、分《ぶん》を超えてクチを出したことは一度もないし、大抵の場合は興味すらないね。人事になんか介入しないし、自分の懐のために動いたことは一度もない。側近などでは断じてない」と言っていたが、当時小中学生だった桂子は、新聞を見るのも嫌だったそうだ。中高生から大学生になっていた長兄や次兄も、とても嫌な思いをしたらしい。そのせいもあって、白洲の子供たちは、親に関することでマスコミに登場することを避け続けている。とくに桂子は、白洲を扱ったドラマなど一切見ようとしなかったし、正子の書いたものさえ読まない。インタビューもすべてお断りするほど徹底している。

白洲の旧知の仲の元国連大使、与謝野秀《しげる》さんは、私がお目にかかった際、「当時白洲さんは外務省の中で評判が悪く、彼はどんな権限であんなことができるんだ、などと言われていたんだよ」と教えてくださった。それはまさに白洲の白洲たるところだな。それを聞いた時、私は生意気にもこう思った。ああいう非常時に、前例や慣習、つまらないディシプリン（規律）にとらわれないで、日本の国民をどう幸せにするかというプリンシプル（原則）にのっとって行動したに違いない。私は、外務官僚から評判の悪かった白洲を誇りに思いながら、与謝野さんの話をお聞きした。

敗戦国日本の戦後処理にあたって、白洲はよほど嫌な思いをしたようで、家族にもほとんど当時のことを話さなかった。それでも時々振り返って言った言葉を私は記憶している。

「あの時ＧＨＱに本気で物を言った日本人がいたとすれば、それは吉田さんと俺だ」

「毎日家を出るときは、もしかしたら今日は殺されるかもしれないが、日本の将来のために言うべきことだけは言おうと思っていた」

「世間では吉田内閣と言うが、本当は俺が骨格を作った内閣だ」

「俺の左翼思想がどれだけ戦後の日本人の命を救ったことか」

「日本人は変な民族だ。敗戦時なぜレジスタンスが起きなかったのか不思議だ」

また、白洲は天皇陛下のことは敬愛していたものの、体制上の天皇の戦争責任についてははっきり言及していた。「僕の甥《おい》っ子も戦死した。『朕《ちん》、戦いを宣す』と言われたことの決着はまだついていない」。この台詞は、小林秀雄さんと話をしていて最後は必ず行き着く言葉で、私も何十回も聞いた。聞いてはいけないことを聞いたような気がして、今でも書くのを躊躇《ちゅうちょ》するところである。

白洲は否応《いやおう》なしに現憲法の制定にも関与した。日本国憲法についても語っていた。

「無理やりアメ公に押し付けられたものではあるが、戦争放棄などプリンシプルは立派なところもある。押し付けられようがなかろうが、良いものは良い」

「嫌なこともたくさんあったが、人の良いアメリカ人中心の占領軍だったおかげで、ずいぶん助かった面もある」

「独立して十年もたった今、現行憲法のどこを直そうかではなく、日本人の誇りを持って、自分たちの手でふさわしいものを一から作るべきだ」

白洲の終生変わらぬ言動や性癖について、正子は、「ジローさんのゲンコツは何時《いつ》も権力者や強い者に向けられていて、弱い者いじめをしたことは一度もない。家族にもブツブツ文句は言ったが、手を出すようなことは絶対になかった」と断言している。

次郎がマッカーサーに贈った椅子
General Douglas MacArthur Foundation 蔵

政治家嫌い

――「一国の総理に向かって『オイお前』って言ってみたいだけさ」

白洲の口癖は、「**政治というのは常に国民に夢を与えなければいけない**」というものだった。にもかかわらず、今の政治家には志を感じられる人がほとんど見当たらない。みんな利権をむさぼり、地元の有力者や知人の師弟の就職や入学の斡旋《あっせん》など目の前の案件を交通巡査のごとく器用に裁くのだけが得意。「**それだけで警視総監になれると思っている輩《やから》ばかりだ**」と、辛辣だった。

さらに、

「政治とは、ここを駐車禁止と決めること。行政とは、それを守らせること。みんな分かっちゃいねえ」

「戦後の日本の政治は、押し付けられた民主主義とかいう自動車を、職人がみんなで何とか動かしているようなものだ。その努力と器用さは認めるが、行政家が政治をやっているんだ。これがいかん」

「官僚組織のヒエラルキーはどうにもならんものらしいな。幣原《しではら》（喜重郎第四十四代内閣総理大臣）さんは行政の天才だった、政治家としては吉田さんのほうが断然上だったと思う。それなのに吉田さんは、外務省で長いこと上司だった幣原さんに一生頭が上がらなかった。面白いもんだねえ」

などと言っていた。

吉田茂さんは、私と桂子が結婚した数年後の一九六七年に亡《な》くなった。桂子は、吉田のおじ様は小柄だけどなんとも貫禄《かんろく》があり、お会いすると三分に一度は駄洒落《だじゃれ》を連発されてとても面白い方だった、とよく話してくれる。それを聞くにつけ、私もお会いするチャンスはあり得たのに、と思うと、とても残念である。

サンフランシスコ講和条約締結からの帰途、白洲は吉田さんに**「最高の引き時だ。健康のためにも引退なさい」**と勧めたという。だが吉田さんは引退しなかった。**「あんなに勧めたのに、聞いてくれなかったのはとても残念だ」**と白洲は言っていた。その後、白洲の足が少し吉田さんから遠ざかり、ちょっと距離を置いたようだったと、桂子は言う。しかし白洲は吉田さんの人柄に惚《ほ》れ、一生懸命サポートして、娘の和子さんと麻生太賀吉さんの実質的な仲人をしたぐらいだから、お付き合いは終生変わらなかった。

個人的には仲のいい年上のおじさんでもあったようで、正子や次郎宛の吉田さんからの私信も残っている。その中には、せっかちな吉田さんが、ご子息と白洲の姪《めい》との縁談を進めたいと希望され、その後に娘の和子さんから慌《あわ》てないでと諫《いさ》められたのでその縁談はちょっと待ってほしい、というようなやり取りもあった。また、ご自分の住まいとして近衛文麿さんの私邸である荻外荘《てきがいそう》を借りられないだろうかという相談や、正子が贈った京都の筍《たけのこ》に対する礼状など、極めて個人的なものもある。

白洲は東北電力の会長を務めていた頃、仕事で海外に行くたび、吉田さんからの特命により、イギリスの老舗《しにせ》シャツ専門店ターンブル&アッサーに立ち寄って、Yシャツや下着を大量に買って帰るのだった。白洲がそれを届けに行くと、麻生和子さんから、「そんなにたくさん買ってきて。お金が大変だから、もう買ってこないで！」と言われたそうだ。そんな遠慮のない家族ぐるみの付き合いが続いた。

そのほか、白洲と親しく、頻繁に付き合いがあった政治家といえば、宮沢喜一さんだろう。一九五一年、サンフランシスコ講和条約の交渉に、宮沢さんが池田蔵相秘書官として同行して以来の仲だった。白洲が家族だけで酒を飲んでいる時、「**何とか宮沢に一度総理大臣をやらせてみたい**」と言ったことがある。桂子が「何で宮沢さんがそんなにいいのよ」と聞くと、白洲はニヤッとして、「**なぁに、理由なんかないさ。**

一生に一度、一国の総理に向かって『オイお前』って言ってみたいだけさ」と答えていた。

当の宮沢さんからは、「ジロさんが応援してくれるのは嬉しいけど、金はくれないし、敵が増えるだけで、ありがた迷惑ですよ」と切り返され、みんなで大笑いしたこともあった。その後宮沢さんは総理になられたけれど、残念ながら白洲は、「オイお前」と言う前に死んでしまった。

また面白いことに、白洲は田中角栄さんが大好きだった。ある夏、軽井沢でゴルフクラブから帰ってくるなり、「角栄に会ったら、『先生、私はまだ若いので次の総裁を狙《ねら》います』なんて言うんだ。君そんなこと言ってるとなり損なうぞ、なりたい時になれ、と言ってやった」と話した。その白洲の言葉が影響したかどうかは判らないが、ほどなく田中さんは総理になった。

田中さんに関しては、「吉田さんが『田中角栄という男は面白いヤツだね。いつも刑務所の塀の上を歩いているようだが、落ちるときは決まって塀の外だね』と言っていたけれど、角栄がもうちょっと金に困ってない家に生まれていたら、日本はもっと良くなっていたかもしれない」と、しんみり言ったこともあった。

「当選おめでとう。コンクリートの壁にドリルとダイナマイトか、一寸《ちよつと》荒っぽいがまあ好いだろう。せいぜい過《あやま》ちをやりなさい。若い人はこれに限る。政治家は期待を小さく（外には）実績を大きく。動物園と化け物屋敷とを一緒にしたような政界とかいうところに入ったからにはその覚悟で。大徳寺のお墓の中でさぞかし、びっくりぎょうてんか！」

これは、細川護熙さんが熊本県知事を務める前、一九七一年、参議院議員に初当選された時に白洲が送ったお祝い（?）の手紙である。

細川さんは、正子ともども親しくしていた近衛文麿さんと細川護立《もりたつ》さんの孫でもあり、幼少の頃から次郎や正子のところによく遊びに見えていた。三代にわたってお付き合いがあり、赤ん坊のときから親しく可愛がっていた細川さんも、のちに総理大臣を務められた。

宮沢さん、細川さん、そして吉田茂さんの孫、麻生太郎さんまで総理大臣になったわけだ。白洲も長生きすれば、三人の総理に「オイお前」と言えたであろうけれど、嬉《うれ》しそうに口癖の「チーハーモウ、世も末じゃのう」と言ったに違いない。

次郎が細川護熙氏に送った手紙
奥は細川氏作の茶碗

捨てられなかった書類
——「俺が今しゃべったら、困る人がまだ大勢生きている」

ある時、正子が白洲に「後々の日本のために、次郎さんしか知らない体験を、誰かに書き残させたほうが良いんじゃないの」と話しかけた。「誰に書かせるんだ？」と白洲。正子は「江藤淳《じゅん》なんかいいんじゃないの」。白洲は、なるほど、という表情を一瞬浮かべたが、すぐに「やっぱりやめた。所詮歴史というのは、今生きている人が自分の都合の良いように解釈して利用するものだ。第一、俺が今しゃべったら、困る人がまだ大勢生きている」と言った。実際、白洲が公務に就いていた当時は、名だたる政治家が公職追放を逃れたくて、また多くの経済人が数少ない利権を求めて、羊羹《ようかん》の下に札束を敷き詰めて白洲のところへ挨拶に来ては、それを正子が突っ返すということが度々あったようだ。

白洲は晩年、死の直前のある日、箪笥《たんす》の奥から大量の書類の束を持ち出し、黙々と庭の焼却炉にくべて燃やしていた。

　戦後の敗戦処理にあたった当時の関係書類はすべて燃やしてしまった。多くを語らず、自己弁護やアリバイも一切主張せず。それだけ本人は敗戦処理の仕事になど未練もなく、引き際も見事だったのであろう。

　白洲が亡くなった日。赤坂のタウンハウスで正子をはじめ、ほんの内輪で、遺言どおり遺体の前で粛々とウィスキーを呑《の》んでいると、突然電話が鳴った。受話器をとると、こちら首相官邸ですが、ただいまから中曽根（康弘）総理が弔問に参ります、とだけ一方的に告げられて、その直後には中曽根さんが来られた。すぐ上の義兄は大きな声で「この方、誰の知り合いだ、誰が呼んだんだ」などと言ったのだが、中曽根さんは悠々と御参りされた後、正子に向かって「奥さん、何か戦後のことを記した書類ありませんか？　何でも結構です。見せていただけませんか？」と何度もおっしゃった。

　その当時もちょうど改憲論が持ち上がっており、何かの手がかりを求めておられたようだが、無いものはなかった。あくる日の新聞の追悼記事を読むと、中曽根さんが「白洲さんは本当にディシプリンの人だった」と言ってくださっていた。しかし私たち家族は、「違うよね。プリンシプルだよね」と言い合った。

白洲の死後しばらくして、桂子が金庫を開けたところ、現日本国憲法を検証する際に使ったと思われる、「白洲用」「ＦＩＮＡＬ」などと白洲が鉛筆で自書したドラフト（書類）が、奥のほうにポツンと寂しそうに残っていたそうだ。

白洲は若いときから喧嘩《けんか》上手だったようだが、生涯でたった一度の負け戦の相手がＧＨＱだったと私は思う。

金庫の奥に残されたドラフトは、多分生涯で唯一の負けた喧嘩の無念さがいっぱい詰まったものとして、白洲はどうしても捨てられなかったのであろうと思い、いまも大切に保管している。

最近白洲の残した書類にはさんであった、当時のアメリカ軍が軍施設の中だけで使用していた皺《しわ》くちゃのドル軍票を偶然見つけた。ちなみに当時の外貨事情ではドルがとても貴重で、いまの円高ドル安と比べるとヤミレートでは、十倍ぐらいの価値があった。

念のため在日米軍司令部に問い合わせたところ、「これらは後日回収され処分されたもので、現在は存在しているべきものではなく使用も不可である。しかし、むしろ今では歴史的な価値がありそうだ。コレクターの間で興味を示す人もいるのではないか」との大らかなコメントが返ってきた。当時どんな状況のもとで、白洲が手に入れ使い忘れてしまったのか、不思議な気持ちになった。

白洲達が貿易による経済立て直しのため通産省を新設し、ようやく復興に向けて外貨獲得の旗手として、輸出の花形になろうとしていた、「Made in occupied Japan」と印刷された珈琲《コーヒー》カップや、おもちゃなどは、終戦後六十年以上が過ぎ、もう骨董《こっとう》市でもめったにお目に掛からなくなってしまった。

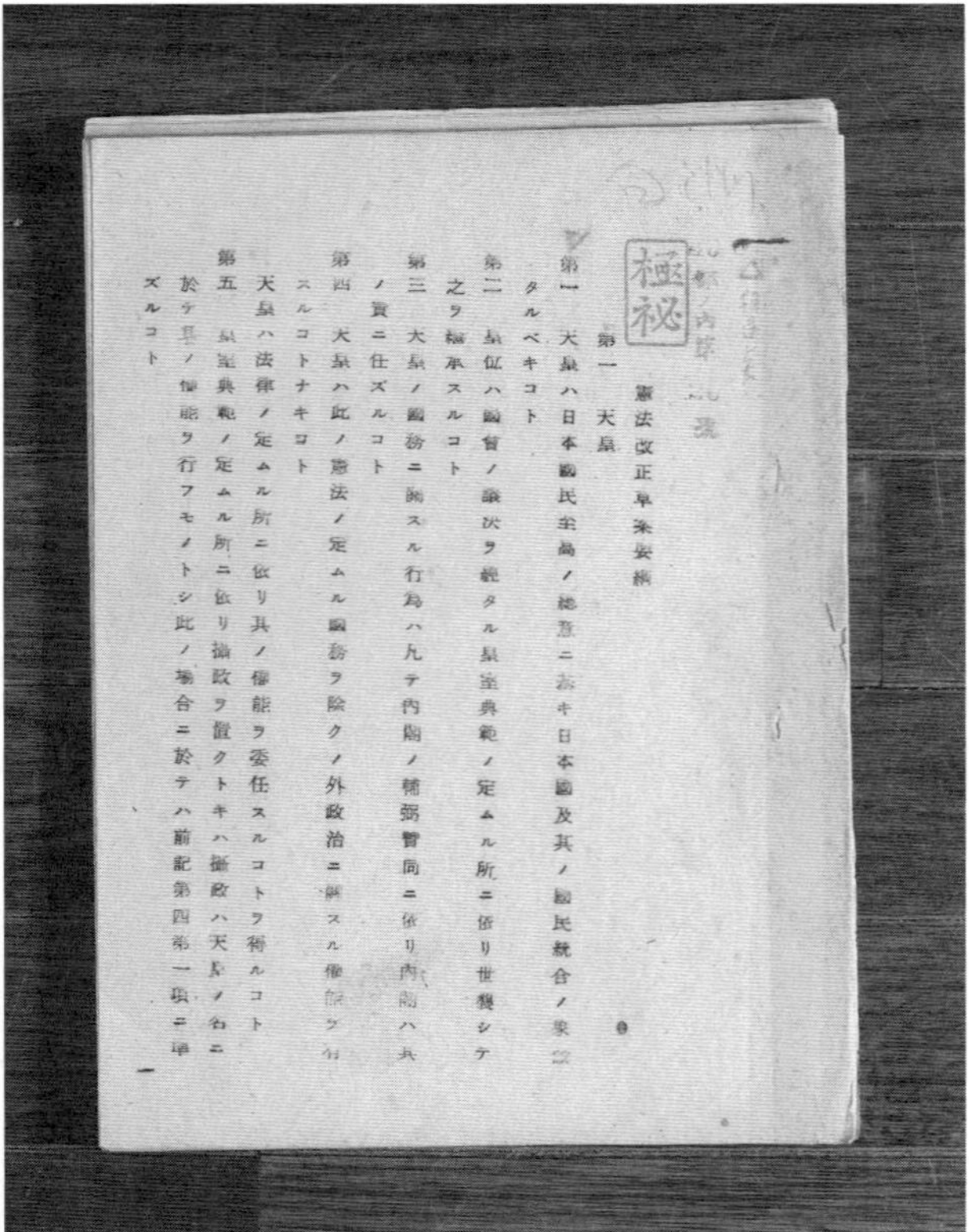

極秘

憲法改正草案要綱

第一　天皇

第一　天皇ハ日本國民至高ノ總意ニ基キ日本國及其ノ國民統合ノ象徴タルベキコト

第二　皇位ハ國會ノ議決ヲ經タル皇室典範ノ定ムル所ニ依リ世襲シテ之ヲ繼承スルコト

第三　天皇ノ國務ニ關スル行爲ハ凡テ內閣ノ補弼贊同ニ依リ內閣ハ其ノ責ニ任ズルコト

第四　天皇ハ此ノ憲法ノ定ムル國務ヲ除クノ外政治ニ關スル權能ヲ有スルコトナキコト

天皇ハ法律ノ定ムル所ニ依リ其ノ權能ヲ委任スルコトヲ得ルコト

第五　皇室典範ノ定ムル所ニ依リ攝政ヲ置クトキハ攝政ハ天皇ノ名ニ於テ其ノ權能ヲ行フモノトシ此ノ場合ニ於テハ前記第四第一項ニ準ズルコト

一

唯一残されていた、右肩に「白洲用」と鉛筆書きされた書類

揺るがぬプリンシプル

――「俺は天皇のために働いたのではない。国民のために働いたんだ」

白洲は二言目には「プリンシプル」を口にした。日本語では原理とか原則とかいうが、一番ぴんと来る言葉は、筋を通すことだと言っていた。

白洲の言う〝筋を通すこと〟とは何だったのか。私なりに思いつくまま、断片的ながら記してみる。

白洲はよくこんなことを言って嘆いていた。

「僕はよくプリンシプルと言うけれど、狭いエレベータの中で、何が何でもレディーファーストなんて愚の骨頂だ。だが、日本の政治家にも、財界人にも、それすら感じられる人が少なくなった。志を感じられない上に、皆ポーズが足らん」

つまり、どんな状況下でもレディーファーストを押し通すのはポーズ（もしくは建前）、状況に応じて判断できる志こそプリンシプル（もしくは本音）、と解すべきか。

白洲の好きな話の一つに、怖いが素敵なジイサンの一人、朝吹常吉さんのことがあった。朝吹さんが三越社長をしておられた当時、所用で本店から外出をされる際、目の前に車を停めて待っていた運転手に「ちょっとそこで待っていてくれ」と言って、すたすたと歩いていってしまった。そして、二十メートルほどのところにある赤い郵便ポストに手紙を投函《とうかん》してから戻ってきて、「待たせたな。さあ行こう」と言う。運転手が「社長、おっしゃってくだされば、車でひと回りしましたのに」と声をかけたら、「いやいいんだ。あれは僕の個人的な手紙だから、君を使うわけには行かないんだ」と言われたそうだ。白洲は、こういう公私混同のない朝吹さんの話をとても気に入っていた。なるほど白洲も、たまたま同じ時間に東京へ出かけるとか、帰るとかいう時には、正子を公用車に同乗させたことがあったが、それを正子に使い回させることなど決してなかった。

本人にとって、どこまでがプリンシプルで、どこまでがポーズだったか分からないが、白洲は本音と建前がものすごく近く、妙な使い分けをしない人間だった。私が見ている限り、社会的地位や肩書き、金には全く頓着《とんちゃく》せず、己の分《ぶん》を守っていた。

憲法改正に際してGHQ民政局長ホイットニー宛《あて》に送った〝ジープウェイ・レター〟で白洲は、占領軍をYou（あなた方）と呼ぶのは当然として、日本政府のことをThey（彼ら）と呼んでいる。これは見方によれば無責任ともとれるかもしれないが、自分の立場をハッキリさせているのだ。また、サンフランシスコ講和条約からの〝凱旋帰国《がいせん》〟の時は、当時の羽田空港到着時の写真を見ると、白洲は主役の吉田茂さん一行の辛うじて一番端っこで、知らん顔して米兵と話している。こういうあり方はいっそ見事である。

その講和会議を終えた全権団の帰国から五日後のこと。昭和天皇が全権団の労をねぎらうために茶会に招待されるということになり、白洲のもとにも招待状が届いた。だが白洲は出席を鄭重に辞退した。正子は次郎の母親へ、記念にとその招待状と辞退を説明した手紙を出した。その手紙には、次郎の無事帰国の報告と、お茶会は（例の如く《ごと》）出席しないが、お土産に包丁のいいのが二、三本あるので、ついでのときお持たせします、と書いてある。

その後、叙勲の話もあった。だが**「俺は天皇のために働いたのではない。国民のために働いたんだ」**と家族に言い、辞退したそうだ。

戦争について、白洲はただ、**「われわれの世代が馬鹿《ばか》な戦争をしてすべてを喪《うしな》ってしまった。この失敗を取り戻すのは大変なことだが、少しでも取り戻して、子や孫に引き継ぐ責任がある」**と話していた。戦前、白洲も近衛文麿さんや吉田茂さんと日米開戦阻止運動に協力していたが、戦後になって自己弁護もせず、アリバイも主張せず、それ見ろ俺は反対したなどとは一切言わずじまいだった。

先にも書いたが、東北電力の会長時代には「**給料は半分で良い。僕はそれだけあれば食っていかれるから**」と話したという。そして実際、半分にした。

引き際も見事なもので、ゴルフだけでなく「Play Fast」だった。終戦連絡中央事務局も、貿易庁長官も、まさに風のごとくさっさと辞任し、さらに自分だけでなく、条約会議の帰りの飛行機では「**今が最高の引き時ですよ**」と吉田茂さんにも引退を勧めている。東北電力の会長職は、財界の年寄りが地位にしがみついているのはみっともないと、まだ五十代のうちに、只見《ただみ》川ダムの完成を見届けて辞めた。

白洲によると、日本も明治維新前までの武士階級等は、すべての言動は本能的にプリンシプルによらなければならない、という教育を徹底的に叩《たた》き込まれたものらしい。残念ながら、いまのわれわれ日本人の日常は、プリンシプル不在の言動の連続であるように思われる。よく日本人は、おおむね政治家も実業家も、はっきりと物を言わずになんとなく事を進めると評せられる。白洲も、「**少なくとも外国人と付き合うには、プリンシプルをハッキリした上で、物を言わないといけない**」という考えを常々口にしていた。

一方正子は、次郎のプリンシプルを充分に認めながらも、ちょっと違う意見を持っ

1951年、サンフランシスコ講和条約締結を終えて羽田空港に
到着した一行。中央に吉田茂全権、右端に次郎
General Douglas MacArthur Foundation 蔵

ていた。

すなわち――なんとなくコンセンサスがあって、はっきり物を言わなくても、阿吽《あうん》の呼吸で事が進むのは、日本固有の文化でもある。いまどきは、何事もハッキリ割り切るのを良しとする風潮があるが、それでは単純すぎてつまらない。あいまいなのは日本語全《すべ》てにわたってそうだ。それは誤魔化しているのではなく、正確に言おうとして複雑になったのであって、恥じるどころか大切にしたい。正子はそう言っていた。

これは私見だが、近頃の日本の政治外交、経済、社会の混迷振りは、〝阿吽〟もなければ〝プリンシプル〟もないのではないか。相手方や国民との完全な相互理解と信頼関係が前提になければ、それは〝阿吽〟とは言わない。ただの独りよがりの思いつきに過ぎないのではなかろうか。

福原麟太郎さんがスポーツマンをサムライと考え、小林秀雄さんと正子がジェントルマンは武士と訳すべきだったという話を先に触れた（164頁《ページ》）。こうしてみると、白洲次郎流に考えれば、ノブレス・オブリージュは役得ならぬ役損、ダンディズムはやせ我慢、つまり武士は食わねど高楊枝《たかようじ》、と訳すべきだろうか。

それにしても、どうも白洲次郎は、ちょっと美化、エッセンス化されたきらいもあって、身内としては面映《おもは》ゆい面もある。もし白洲が若い人たちの心を捉《とら》えているとすれば、ハンサムだとか、趣味を極めたとか、外国人と互角に渡り合ったとかいうことではなくて、白洲の「生き方」の基本にある、分際を弁《わきま》えた上で〝筋を通すこと〟が、今の日本人に欠けているからだと私は信じたい。

イギリスへの最後の旅
――「He is a gentleman」

一九二三年九月一日、関東大震災が日本を襲ったとき、次郎はケンブリッジ大学に留学中だった。朝、目を覚ますと、枕辺《まくらべ》に寄宿先のご夫婦が立っていて、「ジローよ、ロンドンタイムスが『日本全土海中に没す』と報じている。誠に気の毒なことだが、せめて我々は君が大学を卒業するまで面倒を見る。気を落とさずにがんばれ」と声をかけられたという。そのころ正子は、御殿場の別荘にいて直接の被害はなかったが、永田町にあった家はつぶれてしまった。避難の意味もあったのか、父親の考えで、その翌年アメリカ留学に旅立った。

五十六年後の一九七九年、私は白洲と一緒にイギリスへ旅に出た。

それまで白洲のお供をさせてもらったことなど一度もない。あの時白洲は、一人旅が淋《さび》しくて不安もあったので娘の桂子を誘ったのだが、「いやよ」と断られた。誰も行かないなら、私が会社の出張に合わせようかと、同道することになったのだ。めぐり合わせとはいえ、最初で最後の機会であった。

白洲も自覚していたようだが、それは彼の生涯最後のイギリス行きとなった。旧知のガールフレンドやその家族、ビジネスで付き合いのある人たち、そして大親友であり、おそらく恩人でもあるロビンおじことロビン・ビング・ストラッフォード伯爵《はくしゃく》と英国に、終生の別れを告げるための旅だった。

そんな大切な旅に、英語は片言、地理は不案内、秘書役どころかたんなる足手まといにしかならないけれど、同行できたのはとてもよかったと思う。

ヒースロー空港に到着すると、ロビンおじがたった一人で来ていて、出迎えてくれた。白洲とロビンおじは広い肩を寄せ合って、嬉しそうに何か語り合い、もつれそうになりながら内股《うちまた》でロビーを横切って歩いていた。

まずは、白洲の生涯の親友、ロビンおじについて少しお話したい。

ケンブリッジのクレアカレッジで同級生になった当初、次郎は友人もなく、ロビンもはぐれ者のように一人でいることが多かった。ある日、何人かの学生にからかわれていたロビンを、見かねた次郎が助け出し、以来とても気が合って生涯の友になったのだと、いつか次郎から私は聞いた。

生まれた時からロビンおじの右肩の上には、小人の守り神オスカーが座っていて、いつもなにかと教えてくれるという。そのオスカーによれば、次郎とロビンは前世では双子の兄弟で、一緒にペルシャ海で溺《おぼ》れ死んだ仲だそうだ。

ロビンおじに言わせると、ジローは最初から英語が話せた、という。

たしかに白洲の顔立ちは西洋人のようだ。母親が乳母車に次郎を乗せて神戸の港を散歩していると、何人もの人たちが覗《のぞ》き込んで「お父さんはもうじき帰ってくるからね」と言ったとか。以来、港への散歩は止《や》めたそうだが、その頃から次郎はそういう顔立ちであったのだ。でも、英語がしゃべれたのは、顔立ちとは関係ないはずだ。

ではなぜイギリスへ行ってすぐに英語が話せたのか。

野球のところで紹介した『ヘボン塾につらなる人々』によると、白洲家は元禄《げんろく》時代から儒者として三田《さんだ》藩主九鬼家に仕え、次郎の祖父退蔵は武士としては珍しく経済に明るく先見の明があった。産業振興で藩の財政再建を果たし、維新後は三田県大参事として神戸女学院の創立を応援、正金銀行の頭取をへて岐阜県大書記官を務め、親交のあった福沢諭吉に依頼されて慶應義塾の経済的危機を救ったこともあったそうだ。今でもその交流がしのばれる福沢からの手紙や額装した書が残っている。

退蔵は早くからクリスチャンになり、いわゆる明治のハイカラな気風が家庭内にみなぎっていたらしく、十四歳で兵庫県から上京した長男の文平（次郎の父）は、明治学院の前身である築地大学校に入学。野球の名キャッチャーとして主将を務めながら、英語を勉強し、卒業式では貴賓を前に英語で演説をして気勢を上げたそうだ。

その後文平はアメリカのハーバード大学やドイツのボン大学に留学。そこで偶然正子の父樺山愛輔とも顔見知りになった。三井銀行や鐘紡に勤めては上司と喧嘩して飛び出してしまって独立。おしゃれな人で、仕込み杖《づえ》を振り回しながら綿貿易で大成功、大金持ちになってケンブリッジ時代の次郎にベントレーやブガッティを買い与えるほどであったのはこれまでも述べたとおり。しかし世界恐慌《きょうこう》で連鎖倒産してしまい、次郎も急遽《きゅうきょ》帰国せざるを得なくなった。

余談ではあるが帰国後、次郎と正子はお互い一目ぼれで結婚する事になり、正子が父親に報告するとあんな野蛮なヤツのせがれと結婚するなどとんでもないと怒られたそうだ。

白洲は常々「**僕もあまり遠慮はしないほうだが、親父《おやじ》のあの傍若無人ぶりとくらべれば、可愛《かわい》いものだ**」などと言って父文平を突き放して評していたが、その語学力とおしゃれぶりは、受け継いだようだ。

祖父や父親のコネクションがあったからこそ、日曜学校へ通ったり、下宿させていた神戸女学院の英語の先生に習ったりして、実際、小さい頃から白洲はある程度英語ができた。そして、ただ英語ができた、というだけでなく、後年いわゆる上流社会の人たちに受け入れられ、対等に交流できたのは、スノッブとは全く正反対である名門貴族のロビンと学生時代をともに過ごしたからこそだろう。

「イギリスでは、ジャグアー（JAGUAR）までは乗ってもいいが、ロールス・ロイスには乗ってはいけない人たちがいる」。これは白洲がよく口にしていた言葉だ。階級意識が強く誇り高いイギリスで、士族の出とはいえ、ただの日本の金持ちの息子が、当時ベントレーを購入し乗り回すことなど、かなり難しかったはずだ。でも、これもロビンとの交流のおかげだと、私は思っている。

次郎は元々儒学者でもある武家の孫として育てられたうえ、筋金入りのプリンシプルがある男。さらに、ノブレス・オブリージュを身にまとったジェントルマンシップの見本のような貴族と親友になったわけだから、その影響は大きかったに違いない。

イギリス人の気持ちがいいことの一つは、身分の高い家庭の子供たちが、親の使用人である小作人やメイド、執事に対して、必ず「ミスターA」「ミセスB」と呼びかけ、人間として公平な態度を取ることだ——。こう次郎が言っていたのも、ロビンの姿勢を間近で見ていたからだろう。

さて、白洲の最後のイギリス旅の話に戻ろう。

私はそれまでに何回か仕事でイギリスに行っているが、最初にして最後の白洲との一週間は、全くそれまでと違う旅になった。ホテルクラリッジにチェックインすると、親子ということで判断されたのか、真ん中に共有のトイレとバスルームがあり、左右にベッドルームの配された部屋が取ってあった。白洲が、これでよいかと訊《き》くので、朝のトイレを遠慮がちに使うのなど真っ平ごめんなので、僕はイヤですと言い、独立した部屋に変えてもらい、旅はスタートした。

さあ、部屋に落ち着くや、電話が鳴った。なにごとかと出てみると、博報堂から日本航空ロンドン支店に広報担当として出向していた年下の親しい友人からであった。「ヨシオシサン、大変だ。うちの支店長がヒースロー空港で白洲さんの出迎えをミスって、ご挨拶《あいさつ》をしそこなった。ここでどうしようと泣いてるんだ。今度同行しているお婿《むこ》さんは僕の友達ですよ、と話したら、なんとか取りなしてもらえないかと言うんです」という。そんなこと白洲は全く気にしている様子もなかったのでそう言うと、とんでもない、日本から来る代議士先生とか財界の偉い方とか、いわゆるＶＩＰの中には、出迎えがないと怒り出す人もいて、それだけで支店長が交代させられることもあるのだという。お出迎えは支店長の大事な業務の一つなのだそうだ。

そうか、そんなに気にしてくださるなら支店長のお詫《わ》びの気持ちをありがたく頂戴《ちょうだい》しようじゃないか、ということにした。友人が、お婿さんをうまくなだめますから任せてくださいと支店長に話し、白洲をダシにして、二人で連日連夜の豪華な食事、ピアノバーでドンチャン騒ぎをした。それが後の日航の経営不振を招いた訳ではあるまいが、このことを白洲は知らない。

そんなわけで、白洲とはほとんど別行動であったが、S・G・ウォーバーグの創立者サー・シグモンド・ウォーバーグや同社長のロード・ロールご夫妻とディナーに同席した日もあった。そのときの話題で憶《おぼ》えているのは、「ポール・ゲッティーが最近ロンドン郊外に城を手に入れた」こと。「次郎よ、ロンドンの電話事情は君の知っている頃のままで、相変わらず繫《つな》がりにくいんだ。癇癪《かんしゃく》を起こしたゲッティーのやつは、なんと電話会社を買収しちまったんだよ」とか、「今度S・G・ウォーバーグ銀行の日本進出交渉で分かったことがあったよ。世間では、ラテン系の民族はビジネスでも直《す》ぐに感情的になると言われているけれど、それは肘《ひじ》から手先までのことであって、じつは日本人とイギリス人のほうがずっと感情的だとね」。そんな話で盛り上がっていた。

もっと面白かったことがある。別の日、由緒《ゆいしょ》あるメンズクラブで、ロビンおじと白洲がゆっくりスコッチを飲みながら、昔話に花を咲かせていた。突然白洲が「そういえば、昔付き合っていた女性がちょっと重荷になってきたと思っていたら、タイミングよく向こうから、結婚するからさようならと言われたんだ。あの時は本当に助かったと思ったなあ」と話した。ロビンおじが「おいおいジロー、息子の前でそんな話していいのか?」とたしなめると、白洲は一瞬僕を見ると、アレッ、どうして君がここにいるんだという顔をして、「He is a gentleman」とつぶやいたのだ。仕方がないので、私は英語がわかりません、という顔をしてとぼけたが、なぜそのときに限ってあんな込み入った英語が理解できたのか、いまだに不思議である。男同士の話でなんとなく分かっちゃったのだろう。もっとも私を紳士として白洲が認めたのは、その一瞬だけだった。

白洲は常々桂子に、「ヨシオシが英語を喋《しゃべ》れれば、面白い仕事がたくさんあるのになあ」と言っていたそうだ。でも、彼が思っているより私は、英語ができたのかもしれない、とひそかに自負している。

思えば滞在中、白洲は私にいろいろなことを教えてくれた。黒服には絶対チップをやってはいけない。ルームメイドに対しては、本当によければ帰るときに応分渡せばいい。人を指差すな……。あるとき、コンシェルジェに何々について訊いてきてくれ、と試されたので、訊いてきて報告すると、「けっこう英語が通じるじゃないか」と冷やかし半分、優しくほめてくれたこともあった。

もっとも、先に白状した事件がらみで何度か日航ロンドン支店に電話をした時は、いつも面白くなかった。「ハロウ」と英語で応《こた》える日本人オペレーターに、ハローとか、ハロウ、ヘロウとか、いろいろと発音を変えて返すのだが、そのたびに間髪をいれず「ハイ、モシモシ日本航空でございます」と言い直されたのには、腐った。

旅のスケジュールも終わりに近づいてきた。次郎の昔のガールフレンド一家を訪ねたり、ロビンおじと一緒に、伯爵を継いだ長男トミー一家の住むロンドン郊外の居城で半日過ごしたり。次郎はとても楽しそうにしていた。

帰りのタクシーの中では、永久の別れに向かって時が過ぎていくようだった。次郎もロビンおじも次第に無口になり、遂《つい》に無言のままヴィクトリアステーションの広場に着いてしまった。軽く手を挙げ、短くさよならと言うと、車を降りたロビンおじは、一度も後ろを振り返らず、内股でゆっくりと駅の赤い大扉の方へ歩き、洞窟《どうくつ》のような回廊に規則正しい靴音をこだまさせながら、プラットホームに消えた。私はどうしていいかわからず、白洲の代わりに見送るべく突っ立っていると、白洲は車から降りようともせず、「ぐずぐずするな、行くぞ」と私に怒鳴った。本当の別れとは、こういうものかと心に滲《し》みた。

ロビンの長男、トミーの城にて
ロビンの孫たちと遊ぶ次郎

ヴィクトリアステーションに向かう
タクシーの中で、ロビンと次郎

それから何年か経《た》って、ロビンおじの次男坊ジュリアンから白洲の次男に、ロビンおじが亡くなったことを知らせる電話があった。

私は、トミーのお城を訪ねたときに撮った一家とロビンおじの写真や、帰りの車の中での次郎とロビンおじの写真をパネルにして贈った。それがせめてもの慰めであった。

いまだにあの別れは忘れられない。遠ざかっていく冷たい雨だれのような靴音を思い出し、次郎が亡くなって数年経ってからヴィクトリアステーションを訪れてみたが、残念ながら、赤い扉も薄暗い回廊も姿を消していた。

旅から帰ってきた私に向かって、私の実父はこう言った。「お前が次郎さんと二人だけでイギリスに行ったのは、お前のためにとてもよかった。世間からは、お前は次郎さんにあまり気に入られていないんじゃないかと思われていたようだが、そうでもないんだな、と思ってもらえるからな」。意外なことではあったが、父親の情とはそんなものかと思ったものだ。そして、この旅には、陶芸窯《がま》のほかにもう一つ、思わぬ成果もあったものだとあらためて思った。

夜は左利《き》き

一九八五年の十一月、ミラノの出張から帰ってきた私に桂子が、パパがちょっと具合が悪いと言って一昨日前田病院に一人で入院したわよ、と言うので頼まれた革の柔らかい部屋履きのよいのが買えたので、見舞いがてら明日にでも持って行くかと言っていた。

本人は至って元気で、採血のために、白洲さん利き腕はどっちですかと聞かれ、昼は右、夜は左利き（酒飲みの意）などと言って若い看護婦さんを困らせていたらしいのだが、あくる日の朝容態が急変し正子を始め皆で駆けつけたところ、全臓器不全ということでまもなく静かに息を引き取った。

元気そうだったが、壮年期の短期間に国の再興のために命をすり減らした感のある大往生と思った私は、涙をこらえられなかったが、周りを見ると正子も、兄たちも兄嫁も桂子も誰一人泣かず粛々と見守っていた。

家族は白洲の遺言どおり葬式もしなかったが、生前親しくしていただいた方々が、白洲が好きだったワイワイ楽しい会をやろうと言ってくださった。一九八六年三月、麻生和子さん、宮沢喜一さん、渥美健夫さん、川喜多かしこさん、堤清二さん、永山時雄さん、近衛通隆さんなどが発起人となってくださり、帝国ホテルで「白洲次郎さんを偲《しの》ぶ会」が開かれた。その時のご案内状が次のものである。

拝啓　本年は寒さことのほか厳しゅうございますがお変わりなくお過ごしのことと存じます。

陳者　白洲次郎さんが昨年十一月二十八日逝去されたことはご承知の通りであります。十一月下旬、故人は好きな京都に旅行し、心ゆくままに古都の数日を楽しまれて元気に鶴川の自宅に帰宅されたのでありますが、間もなく発病して赤坂・前田病院に入院、在院僅か正味二日程にて死去されました。そして故人の簡明な遺言「葬式無用・戒名不要」に従って殆どご遺族の方のみによる静かな見守りの中に、永えの旅に立たれたものであります。寔に白洲次郎さんらしい淡々たる最期でありました。

白洲次郎さんは日本の社会へは戦後に登場したといってもよい様に思います。終戦後吉田茂首相の補佐役として、首相に代わってマッカーサー司令部や米国要路の責任者を相手に、戦後日本の再建上重要な政治問題については殆ど総てに亘って交渉の実際に当たられました。その間縦横の活動をされ、数多くの逸話を生み又故人持ち前の物おじせぬ堂々たる姿勢の交渉は、相手からも寧ろ尊敬を受けたものといわれております。政治問題のみならず、今日の電力事業の体制を築くに至った電力事業再編成や貿易振興を目的とした今の通商産業省の設立等経済貿易等の面においても、歴史の裏側で故人の果たした役割は表舞台の役者よりも実質的には重要であったと思われます。これらの公的な面における白洲次郎さんの外貌は、どちらかというと取っ付き悪いこわいおじさんの感じで、世間一般からは畏敬というか寧ろ敬遠をされていた様に思います。然し、人間白洲次郎さんは全くその一般的な白洲観とは異質の人でありました。故人はご承知の通り若き日ケンブリッジ大学に留学され、又その後も欧州を中心として活動されて英国上流社会に数多くの優れた友人を持ち、英国流の教養と思想とを深く身につけられ、品性高潔、自ら持する所高いものがあった様に思われます。然し、その言行や発想は寔にユニークで物の真髄を鋭く突きながら軽妙、洒脱で西洋流の洒落た人でありました。そして、その人柄は実は純情で人情味深く知人・友人に対する配慮や世話には何喰わぬ顔をしながら寔に行き届いた親切心がこめられているという様な魅力ある人でありました。

逝去後こうした故人を知る方々から、この儘、あの印象深い白洲次郎さんとなんとなしに永遠の別れに終ってしまうのはいかにも物足りない、一度故人の遺影に接して故人を偲ぶ機会を持ちたいというご希望が数多く寄せられました。私共もその思いを一に致しますもので、ご遺族のご諒承を得て今回次の様な次第で「白洲次郎さんを偲ぶ会」を催すことに致しました。生前親しくお付合いをいただいた方々にお差繰りご参加いただければ幸いと存じ、この段ご案内を申し上げます。

追而、名簿の整理不充分なためご通知漏れの方もあろうかと存じますので、お気付きの方にお言葉をかけていただければ大変幸甚に存じます。

敬具

あとがき

一年ぐらい前、新潮社の秋山礼子さんから執筆の依頼があった時、ついに白洲本のネタも尽きて、本を読まない・あまり字を書いたこともない婿《むこ》さんの私のところまで来たか、と思ったものです。しかし、セールスマンでしゃべることの大好きな私は、じつは昔から、次郎や正子が話していたことを含め、日常の話のなかで印象に残ったことをメモしておく癖がありました。モテたい一心で、メモを再利用してしまう癖もあります。

書き残してきたメモを見ながら、『風の男　白洲次郎』を著した青柳恵介さんに相談したところ、話し言葉と書き言葉は根本的に違うから、あなたには無理ですよ、と言われてしまいました。

そういえば、三十年ほど前、デパートの業界紙にエッセイを頼まれたことがあり、その原稿を正子に見せたことがありました。香港で買った瑠璃釉《るりゆう》のどんぶりの一件もすっかり忘れて、褒めてもらいたい、という魂胆だったのですが、「**あなたのは欲張りすぎ。読んでて疲れちゃう。何でも書こうとしないこと**」と言われたことも、思い出しました。

それでも、こんなチャンスは二度と来ないぞと思い、「次郎と正子夫婦の婿さんは世の中に俺一人しか居ないじゃないか」と勇を鼓して、書き始めてみました。途中で何回も読み返しては、小学生の日記だってもっとマシだろうと、自己嫌悪《けんお》に落ち込む日々。秋山さんにＦＡＸで送ると、「そんなことないですよ。よく読めば面白いところもありますよ」と言われたので、すっかり気を取り直して書き進めた次第です。

書き上げて読んでみると、やはり独りよがりの書きすぎ、でした。日ごろから桂子に「あなたの話はクドイ」と言われています。正子の著作も読まないトゥーラですから、「あなたの書いたものだって絶対読まないからね」とのこと。その言葉を信じて恐る恐る書いた話もあります。しかし、やっぱり読んでしまうのではないか、という一抹の不安もあります。

バテレン、天気予報士、物書き正子、そして桂子という〝うそつき〟の仲間入りをした気分ですが、私にとって本書は、一種の〝自虐《じぎゃく》的ホラーエッセイ〟でもあるのです。

二〇一二年二月

牧山圭男

1965年、結婚披露パーティーにて
左が桂子、右が正子、中央が筆者

本文写真撮影

田澤　進　181

野中昭夫　31　78　87下　107　125　171

牧山圭男　247

青木　登（新潮社写真部）　49　57　63　87上　97　119　139　143下2点　225　230

本文写真提供

旧白洲邸　武相荘　71　93　131　143上　157　177　185　209　235　255

東映　219

婿《むこ》殿の目

阿川佐和子

私にとって唯一《ゆいいつ》にして最愛の趣味であるゴルフをしに出かけると、ゴルフ場の入り口、あるいはコース途中の茶屋の壁などにて、伸びやかな黒い字で描かれた白地のポスターが目に入る。

「Play Fast」

そのたび、私の身体に緊張の電気がビリビリッと駆け抜ける。

「いいか、ゴルフはグズグズ、チャラチャラやるもんじゃねえんだぞ」

聞いたこともない白洲次郎氏の鋭い声が耳元に響くかのようだ。一緒に回ったら、さぞかしコテンパンに叱《しか》られただろうと思う。

白洲次郎氏の噂話《うわさばなし》は、名著『風の男 白洲次郎』をはじめとする書物やドラマに触れなくとも、昔からあちこちで耳にする機会が多かった。ゴルフ解説者として有名なT氏は若い頃、十八番ホールのバンカーをならしていたら、クラブハウスのテラスの椅子《いす》に座る白洲氏から、「もっと丁寧にならせ」と大声で叱られたそうだ。コースを回る長髪の小説家の後ろ姿に向かい、「アイツは誰だ、知らないなあ」と、知っているにもかかわらず、「その髪型が気に入らない」というイヤミを込めて第三者に名前を尋ねたという。はたまた軽井沢ゴルフ倶楽部《くらぶ》で、腰に手ぬぐいだかタオルだかをぶら下げてプレイをしている田中角栄氏を見かけ、秘書を通してそっと注意したそうだ。本書によると白洲さんは田中角栄氏を「面白いヤツ」と気に入っていらしたようだから、本気で怒ったわけではなさそうだが。

ゴルフにまつわるものだけでなく、「マッカーサー元帥《げんすい》に食ってかかった」だの（これも本書で否定されている）、京都へ赴くと、「この店は白洲次郎がちょくちょく通っていたところなんだよ」だの、「吉田茂の懐刀《ふところがたな》として敗戦処理と現憲法作成に尽くした」といったエピソードを聞かされてきた。加えて、なかなかのプレイボーイだったらしき一面も、武勇ゆえに膨らむ都市伝説の中に混在し、しかしそのいずれの噂話からも、白洲さんがどれほどカッコいいジェントルマンであったかを想像させられた。愛車ポルシェの傍らに立ち、ニヤリと笑う長身白髪のお姿を拝見するにつけ、ああ、一度お会いしたかったものだと溜《た》め息《いき》をつき、同時に自分も七十歳ぐらいになったらポルシェを買って乗り回してやろうかという野望が湧《わ》いてくる。

しかしそんな憧《あこが》れは、身近に接したことのない身だからこそ抱ける妄想に過ぎないかもしれない。歯に衣着《きぬ》せぬどころか、率先して相手の弱みをグサリと突いてくるのは白洲次郎氏に留まらず、細君の正子さんしかり、その二人の血を受けた一人娘の桂子さんも同じく。そんな単刀直入一家と日々をともにしていたら、それはたしかに刺激的で楽しいだろうけれど、同時にいたたまれなくなる日も必ず訪れるであろう。と思っていたら、本書の著者であるこの家の婿殿はいともあっさり、「何かいい加減にことを処しようとすると、仕事であれ、プライベートな事柄であれ、鋭く追及される。しかし普段は台風の目の中にいるようで、行動力学を学ぶと思えばとても勉強になったし、居心地もおおむね良かった」と、自らの舅《しゆうと》、姑《しゆうとめ》についてのたもうておられる。ほんまかいな。やや疑いの気持を抱きつつ、読み始めてみたが、読み進むにつれその真意はじわじわと明かされて、緊張の風船のなかでかけがえのない愉快さと温かみを婿殿ともども味わっている気分になっていった。愛娘《まなむすめ》を奪って以来、本家の隣に住まい、好奇心と礼節を持って付き添ってきた婿の目の絶妙な距離感、観察力、そして子細にわたるみごとな記憶力は、実の娘や息子が回想表現するそれとは、またひと味違う魅力に満ちている。

余談ではあるが、私が父、阿川弘之（作家）についてエッセイなどに記すと、それを読んだ方々によく言われたものである。

「やっぱりお父さんのことを書くと、格段に面白いねえ」

つまり、父の話以外のエッセイはさほど出来がよろしくないと、けなされた気がして心が沈む。多少はなぐさめてくれるかと期待して、その話を父に伝えると、父は私を一瞥《いちべつ》し、当然のようにいつも同じ台詞《せりふ》を吐くのである。

「そりゃ、材料がいいからだ」

材料自身にそう言われては身も蓋《ふた》もない。

その伝で言えば、本書の素材はとびきりの一級品である。これまで幾度となく繰り返し文章に綴《つづ》られているにもかかわらず、なお飽くなき魅力に溢《あふ》れており、褪《あ》せることのない秘話や名言に膝《ひざ》を叩《たた》きたくなる。笑ったり驚いたり、はたまた姿勢を正されたりする。しかし、どれほど滋養と魅力に溢れる素材であろうとも、調理の方法を間違ってはおいしく仕上がらないはずだ（と、さりげなく自分を正当化しながら申し上げますけどね）。その点、このたびの「七年の敵」から見た白洲家の日常は、客観性と、適度な距離感ゆえの温かい視線に支えられた貴重な記録と言えるであろう。

白洲次郎さんには会いそびれたが、幸運にも正子さんには二度、お目にかかったことがある。奇《く》しくも正子さんがお亡《な》くなりになる一年と少し前の、冬の終わりだった。

週刊誌のインタビューのゲストとしてお出ましいただくことが決まり、今思えば、聞き手である私が鶴川のお宅に伺えばよかったのだが、「久しぶりに銀座でお寿司《すし》が食べたいわね」とおっしゃる正子さんのご要望に応《こた》え、白洲家ご贔屓《ひいき》「きよ田」の奥の個室で実現する運びとなった。

実のところ、最初にお約束した日に大雪が降り、一週間延期したところ、二度目の約束日にもまた大雪が降った。なんという巡り合わせかと落胆していたら、「大丈夫。決行しましょう」というご返事を頂戴《ちょうだい》し、当初の予定同様、「きよ田」でお待ちしていれば、まもなくお洒落《しやれ》な紳士に連れられて、頭にスカーフを巻いた正子さんが現れた。

最初、私はこの同行の紳士をご子息かと間違えたが、「いや、僕は娘婿」と、初老紳士はお姑様のお供を重荷とも思わず、むしろ率先して引き受けられたかのような軽やかな笑顔とともに自己紹介をなさった。そのいかにも肌触りの良さそうなカシミヤコートの下の首元に赤いマフラーをしていらっしゃる姿に、さすが白洲家の婿殿は、美男揃《ぞろ》いの一族に負けず劣らず、お育ちの良さそうなカッコいい人だと感服した。その人こそ、本書の著者、牧山圭男氏だったのである。

感服したわりに、それからまもなくして小田急線の新宿駅で「もしかしてアガワさん？」と声をかけてくださった男性が、牧山さんであることを一瞬、思い出せず、私は「は？」と反射的に怪訝《けげん》な顔をしたらしい。そののち牧山さんはお会いするたび、「あのとき、うさんくさいヤツが声かけてきたと思ったんだろ？」と何度も私をからかわれた。

どこを気に入っていただけたのかわからないが、正子さんとの対談のまもなくのち、畏《おそ》れ多くも私は鶴川のお宅での小さな晩餐《ばんさん》会に招かれた。招いてくださったのは正子さんのはずだが、当日、お宅へ伺うと、同じく招客である古美術商の和食器店「暮らしのうつわ花田」の松井氏、青柳恵介氏としばし骨董《こっとう》の話をしていらした正子さんは風邪気味らしく、あまり体調が芳《かんば》しくなさそうなご様子。そろそろ食卓へ移動しましょうと娘の桂子さんが呼びにいらっしゃるなり、

「なんか、頭が痛くて……」

だから晩ご飯は失礼したいとおっしゃる。と、たちまち、

「まったくわがままなんだから。自分でお招きしたくせに。お客様に失礼でしょう！」

桂子さんが厳しく母親を叱りつけた。そのきっぱりぶりに私は目が点になった。そもそも対談するだけで緊張したのに、お呼ばれしてしまい、お訪ねしてみれば噂に違《たが》

わぬ古美術館のような趣深い邸宅。椅子に座ってもお茶を飲んでもドキドキするようなその場所で、誰もが恋い焦《こ》がれる天下の白洲正子は娘に叱られて、幼き駄々っ子のように肩をすくめているではないか。

こんな光景、見ちゃいましたよ、いいのかしら……。そっと目の奥に焼き付けて、私は自らの宝物にしようと心に決めた。

正子さんが亡くなったのは、その年の暮れのことである。

たった一瞬、ほんのいっとき、私は白洲正子さんと対面し、白洲家の人々と接する僥倖《ぎょうこう》に恵まれた。対談時、正子さんは、「白洲次郎さんとは大恋愛だったとか?」という私の問いに、「一目惚《ぼ》れ。それが結婚したらタダの人」とケロリとおっしゃった。さらに、「十八や九だから、やっぱり見たとこだけ。結婚したら、日一日とガッカリして、終《しま》いに『なぁんだ、つまんない人だ』と思った」と。どこ吹く風のさりげなさでズバリと言ってのけられたのを見て、私は内心、思ったものだ。はは あ、世間的には理想の夫婦に見えても、内情はいろいろ複雑なんだろうなあと。しかし私はこの娘婿による書を読んで、思い直した。正子さんの言葉は本心ではなかった。互いに口で辛辣《しんらつ》な言葉を発しながら、互いに不干渉のポーズを貫きながら、その奥底に潜む夫へ、妻へ、娘へ、そして「七年の敵」である娘婿への慈《いつく》しみの思いが、この本には溢れている。

人が自身のことを語るより、そのごく身近にいる人間の言葉にこそ、ときに真実が宿っているのではないか。娘婿の見た白洲家は、白洲家に憧れる者すべての心を和ませてくれるに違いない。

（二〇一四年一二月、作家）

この作品は二〇一二年四月新潮社より刊行された。

牧山桂子著
次郎と正子
―娘が語る素顔の白洲家―

幼い頃は、ものを書く母親より、おにぎりを作ってくれるお母さんが欲しいと思っていた――。風変わりな両親との懐かしい日々。

白洲次郎著
プリンシプルのない日本

あの「風の男」の肉声がここに！ 日本人の本質をズバリと突く痛快な叱責の数々。その人物像をストレートに伝える、唯一の直言集。

帚木蓬生著
風花病棟

乳癌と闘う泣き虫先生、父の死に対峙する勤務医、惜しまれつつも閉院を決めた老ドクター。『閉鎖病棟』著者が描く十人の良医たち。

白洲正子著
白洲正子自伝

この人はいわば、魂の薩摩隼人。美を体現した名人たちとの真剣勝負に生き、ものの裸形だけを見すえた人。韋駄天お正、かく語りき。

白洲正子著
日本のたくみ

歴史と伝統に培われ、真に美しいものを目指して打ち込む人々。扇、染織、陶器から現代彫刻まで、様々な日本のたくみを紹介する。

白洲正子著
西行

ねがはくは花の下にて春死なん……平安末期の動乱の世を生きた歌聖・西行。ゆかりの地を訪ねつつ、その謎に満ちた生涯の真実に迫る。

小林秀雄著　モオツァルト・無常という事

批評という形式に潜むあらゆる可能性を提示する「モオツァルト」、自らの宿命のかなしい主調音を奏でる連作「無常という事」等14編。

小林秀雄
岡潔著　人間の建設

酒の味から、本居宣長、アインシュタイン、ドストエフスキーまで。文系・理系を代表する天才二人が縦横無尽に語った奇跡の対話。

小林秀雄著　直観を磨くもの
―小林秀雄対話集―

湯川秀樹、三木清、三好達治、梅原龍三郎……。各界の第一人者十二名と慧眼の士、小林秀雄が熱く火花を散らす比類のない対論。

阿川佐和子著　婚約のあとで
島清恋愛文学賞受賞

姉妹、友人、仕事仲間としてリンクする七人。恋愛、結婚、仕事、家庭をめぐる各人の心情と選択は。すべての女性必読の結婚小説。

阿川佐和子著　残るは食欲

季節外れのローストチキン。深夜に食すホヤ。とりあえずのビール……。食欲全開、今日も幸せ。食欲こそが人生だ。極上の食エッセイ。

阿川佐和子著　うからはらから

父の再婚相手はデカパイ小娘しかもコブ付き……。偽家族がひとつ屋根の下で暮らす心労と意外な幸せ。人間が愛しくなる家族小説。

新潮文庫最新刊

安住洋子著
春告げ坂
—小石川診療記—
たとえ治る見込みがなくとも、罪人であったとしても、その命はすべて尊い——。若き青年医師の奮闘を描く安住版「赤ひげ」青春譚。

中谷航太郎著
シャクシャインの秘宝
—秘闘秘録　新三郎＆魁—
舞台は最北の地、敵はロシア軍艦。アクション・伝説・ファンタジー。そのすべてに挑戦した新しい時代活劇シリーズ、ついに完結！

吉川英治著
新・平家物語（十五）
西国での激しい平家の抵抗に苦戦する範頼軍。追討の総大将を命ぜられ、熊野水軍を味方につけた義経は、暴風雨を衝き、屋島に迫る。

池内紀
川本三郎
松田哲夫　編
日本文学100年の名作
第7巻
1974－1983
公然の秘密
新潮文庫100年記念、中短編アンソロジー。高度経済成長を終えても、文学は伸び続けた。藤沢周平、向田邦子らの名編17作を収録。

瀬川コウ著
謎好き乙女と奪われた青春
恋愛、友情、部活？　なんですかそれ。クソみたいな青春ですね——。謎好き少女と「僕」が織りなす、新しい形の青春ミステリ。

知念実希人著
天久鷹央の推理カルテⅡ
—ファントムの病棟—
毒入り飲料殺人。病棟の吸血鬼。舞い降りる天使。事件の〝犯人〟は、あの〝病気〟……？新感覚メディカル・ミステリー第2弾。

新潮文庫最新刊

糸井重里
ほぼ日刊イトイ新聞 著
できることをしよう。
―ぼくらが震災後に考えたこと―
まず、忘れないことならできる。東日本大震災を経験したいろんな「誰かさん」の声を集め熱い共感を呼ぶ「ほぼ日」インタビュー集。

池田清彦著
「進化論」を書き換える
ダーウィン進化論ではすべての進化を説明できない。話題の生物学者が巨大な通説＝ダーウィン進化論に正面から切り込む刺激的論考。

牧山圭男著
白洲家の日々
―娘婿が見た次郎と正子―
夫婦円満の秘訣は「なるべく一緒にいないこと」?! 奇想天外な義理の両親の素顔とその教え。秘話満載、心温まる名エッセイ。

高山信彦著
経営学を「使える武器」にする
〈正解の戦略〉を掴み取れ――大企業の事業革新を担う「考える社員」を生み出し続けてきた著者が、伝説の人材研修を公開する。

石角友愛著
ハーバード式脱暗記型思考術
16歳で単身渡米、ハーバードでMBAを取得、米国グーグル本社に勤務。成功の秘訣は、「覚える」のではなく「考える」勉強法！

太田和彦編
今宵もウイスキー
今こそウイスキーを読みたい。この琥珀色の酒を文人たちはいかに愛したのか。「居酒屋の達人」が厳選した味わい深い随筆&短編。

白《しら》洲《す》家《け》の日《ひ》々《び》

—娘婿が見た次郎と正子—

新潮文庫　し－20－52

平成二十七年三月一日発行

著者　牧《まき》山《やま》圭《よし》男《お》

発行者　佐藤隆信

発行所　株式会社　新潮社

郵便番号　一六二—八七一一
東京都新宿区矢来町七一
電話　編集部(〇三)三二六六—五四四〇
　　　読者係(〇三)三二六六—五一一一
http://www.shinchosha.co.jp

価格はカバーに表示してあります。

乱丁・落丁本は、ご面倒ですが小社読者係宛ご送付ください。送料小社負担にてお取替えいたします。

印刷・錦明印刷株式会社　製本・錦明印刷株式会社

ISBN978-4-10-137952-4　C0195